Jochen Jason Fretz

Der philosophierende Hund

Roman

Bibliografische Information der Deutschen
Nationalbibliothek:
Die Deutsche Nationalbibliothek verzeichnet diese
Publikation in der Deutschen Nationalbibliografie;
detaillierte bibliografische Daten sind im Internet über
http://dnb.dnb.de abrufbar.

Umschlaggestaltung: VIERZWEI- Frankfurt/Main

Herstellung und Verlag: BoD – Books on Demand,
Norderstedt

ISBN: 978-3-755-727194

Prolog 7

Sonja 9

Die Leere 23

Enterprise 34

Wurmloch 46

Haarige Thesen 58

Hundstage 73

Handarbeit 85

Erkenntnis 99

Zwei Löffel 114

High Noon 127

Epilog 139

Cover Star

SNUGGLES

Danke an

BIANCA, RAMUNE, GERO

P R O L O G

Verehrte Leserschaft,

ich möchte es hiermit vorwegnehmen:
Lassen Sie sich nicht vom Titel dieses Buches irritieren,
es ist nicht unbedingt eine Geschichte für Hundefans.
Falls Sie Hunde nicht leiden könne, werden Sie mit der
Story ebenfalls nicht viel anfangen können. Erwarten Sie
also vom Autor keine klare Position pro oder contra
Vierbeiner, da muss ich Sie enttäuschen und rate Ihnen,
das Buch besser zur Seite zu legen und stattdessen ihre
wertvolle Zeit mit anderen Dingen zu verbringen:
Gehen Sie ins Kino oder in die nächstbeste Kneipe,
besuchen Sie eine Theatervorstellung oder ein Konzert,
feiern Sie wilde Partys und treffen Sie neue, nette
Menschen.

Das funktioniert natürlich nur in Zeiten, die wir früher
als 'normal' bezeichnet haben, Dekaden, die nicht durch
ein hochansteckendes Virus bestimmt werden.
Im Falle einer erneuten Pandemie wird unsere
Regierung nicht zögern und das Land wieder
‚herunterfahren', um unser kommunikatives Verhalten
zu beschränken.
In dieser verordneten Quarantäne bleiben Ihnen dann
nur die bereits bekannten, stupiden Beschäftigungen in
den eigenen vier Wänden:
Schauen Sie sich zum fünften Mal alle Staffeln von
'Game of Thrones' an.

Bohren Sie in der Nase. Verschlafen Sie den Tag oder schlagen Sie sich mit ihrem Partner oder ihrer Partnerin. Versuchen Sie durchzuhalten trotz Home-Office, Unterricht am PC und dem Dauerlärmpegel einer Kleinfamilie auf engstem Raum.

Und für Verschwörungstheoretiker und Fanatiker *(Nein, werte, Schwarmintelligenz: Corona verdanken wir weder Bill Gates, Donald Trump noch einer Strafe Gottes für unsere Maßlosigkeit)* ist meine kleine Geschichte vom philosophierenden Hund nicht spektakulär genug, zu schlicht und zu unauffällig. Sie ist nur ein Cocktail aus einem ständigen Reigen aus Liebe, Beziehung, Alltag, Enttäuschung, Trennung, Depression und einer neuen Hoffnung.

Wenn Sie jedoch zu den Leserinnen und Lesern gehören, die eine unterhaltsame, romantische Lektüre schätzen, sind Sie hier genau richtig.

Dieser Roman entstand in Echtzeit im Corona Jahr 2020 bis März 2021. Die Personen sind frei erfunden, einige Passagen der Handlung beruhen jedoch auf wahren Begebenheiten.

SONJA

Wenn ich die Geschichte vom philosophierenden Hund erzähle, komme ich an Sonja nicht vorbei, denn ohne Sonja hätte sich die ganze Sache mit Sicherheit nicht so zugetragen. Es ist ja allgemein bekannt, dass Beziehungen zwischen uns Menschen oft nicht einfach sind, vor allem die Intensiven.

Die sind meistens kompliziert. Sie kennen das?

Nun, bei Sonja und mir war es nicht anders:

Wir hatten beide unser wildes, aufregendes Partyleben hinter uns gebracht, als wir uns begegneten. Wahrscheinlich verband uns der innige Wunsch nach Ruhe, Langeweile und der Rückzug in das spießige Private, nach Scrabble Abende und eine Bildungsreise in die Mongolei.

Alles in allem war das ein klares Anzeichen für eine ausgewachsene Midlifecrisis, typisch für Leute, die ihren dreißigsten Geburtstag weit hinter sich gelassen haben.

Es war keine Liebe auf den ersten Blick, nein. Auch nicht auf den zweiten oder dritten Blick, das muss ich heute eingestehen.

Ich würde es im Nachhinein eher als eine pragmatische Allianz bezeichnen, als eine Art unausgesprochene Vereinbarung, was nichts Schlechtes bedeuten muss.

Ich bin kein Adonis und Sonja keine Schönheit, nach der sich der ganze Tanzsaal raunend umdreht. Sie ist intelligent und unaufdringlich. Sonja liebt die Ordnung gleichermaßen wie das Chaos und schwebt zwischen Vernunft und Theatralik.

Ich war und bin dann doch eher der oberflächliche Typ: Ein kleiner, unbedeutender Mann mit großer Schnauze, aber mit einer gehörigen Portion Charme, witzig und mittelmäßig gebildet, doch unstetig in meinem Tun und Handeln.

Mein Sarkasmus und die zeitweilige mürrische Ignoranz hatten es meinen Partnerinnen nicht immer leichtgemacht, das gebe ich gerne zu.

Wir passten einfach wunderbar zusammen:

Die Eigenschaft, unsere kontroversen Ideen und die unterschiedlichen Interessensgebiete zu einem für uns gemeinsamen Alltag zusammenzubringen, war eine unserer Stärken.

Wenn Sie möchten, dann dürfen Sie das gerne als eine klassische Liebesbeziehung einordnen und Sie könnten damit sogar Recht behalten.

Wer von uns kann schon eindeutig definieren, was Liebe ist? Wenn spätestens nach den ersten sechs Monaten das Kribbeln und Flattern in Bauch und Seele nachlässt, setzt nur noch ein Gefühl den Maßstab:

Die Gewöhnung.

Und diese Gewöhnung bedeutet Sicherheit, Vertrauen, Überschaubarkeit, sich nicht ändernde Abläufe und eine gepflegte Langeweile, die man ab und zu mit einer Prise Sex aufpäppeln kann. Letzteres war bei Sonja und mir nur selten der Fall. An intensiven, körperlichen Begegnungen hatten wir beide nur geringes Interesse.

So lebten wir also in den Tag hinein, Monat um Monat, Jahr für Jahr und von Urlaub zu Urlaub: Skifahren am Arlberg, Tauchen im Roten Meer, Wandern in den Pyrenäen, Kanufahrten auf der Ardèche oder chillen in der heimatlichen Hängematte unseres Schrebergartens.

Die Pausen dazwischen füllten wir mit unseren mehr oder weniger sinnlosen Tätigkeiten aus, die man eben machen muss, um die Miete zu bezahlen.

Sonja ist selbständige Psychologin. Ich jobbe Teilzeit als Pädagoge im städtischen Nachbarschaftszentrum.

Es fehlte uns an nichts.

Unsere Wohnung in Frankfurt-Seckbach war gemütlich und bezahlbar, die Kaffeemaschine war von Lavazza und in unserem kleinen Wintergarten befand sich eine herrliche Leseecke.

Übrigens fand die oft anstrengende und nervige Diskussion über einen Kinderwunsch bei uns nicht statt. Dieses Thema, welches andere Paare Ende dreißig oft zur Trennung veranlasst, hatten wir bereits lange im Vorfeld geklärt. Niemand von uns beiden wollte in diese kaputte Welt auch noch Kinder setzen, wir wollten nicht für die Zukunft verantwortlich gemacht werden. Eine gemeinsame Horrorvorstellung war, dass irgendwann der Nachwuchs anklagend vor uns stehen könnte und uns anbrüllen würde:

„Was habt ihr uns für eine verseuchte, beschissene Welt hinterlassen? Warum habt ihr das zugelassen?"

Dieses Szenario wollten wir uns ersparen.

Wir waren der Meinung, beide auf unsere Art und Weise einen Beitrag geleistet zu haben, sei es durch politisches Engagement in unserem grünen Stadtteilverband oder ich einst beim Steinewerfen im schwarzen Block der Antifa. Man wurde ausgebremst oder man bekam von der Staatsgewalt auf die Schnauze. Im Endeffekt landete man immer auf dem nackten Boden der Tatsachen.

Die bittere Erfahrung hatte uns gelehrt, dass es immer die Macht des Geldes war, die den Sieg davontrug. Also haben wir uns arrangiert.

Ich würde das nicht als Resignation bezeichnen, eher als dezente, rezessive Anpassung an Realitäten. So sind wir also zusammengekommen, Sonja und ich, so wie tausende von anderen Paaren auch.

Man muss sich doch auch mal was gönnen können, oder nicht?

Das Kapitel Fortpflanzung war damit erledigt und ich war heilfroh für niemanden, außer für mich selbst, Verantwortung übernehmen zu müssen.

Tja, alles wäre so schön gewesen. Wir hätten noch eintausend Jahre so miteinander verbringen können und ich lag fett und zufrieden in unserer zusammengezimmerten Wabe.

Aber ich habe nie damit gerechnet, dass der Einschlag von einer Seite kommen würde, von der ich es nicht vermutet hätte.

„Ich will einen Hund."

Stille. Entsetzen. Dann dieses juckende Gefühl von verschlucktem Kaffee in meiner Nase, ein Prusten, ein Husten, ein Röcheln. Ich schaffte es gerade noch, mir eine Serviette vor den Mund zu halten um Schlimmeres zu verhindern. Als sich meine Stimme wieder etwas erholt hatte schaute ich mich um, doch niemand im Café Karin hatte Notiz von meinem kurzen Anfall genommen. Die Leute saßen an kleinen Tischchen und diskutierten über Sicherheitsabstand und Quarantäne. 2020, im Monat Mai, war die Pandemiegefahr fast schon wieder vergessen. Die Menschen begannen bereits, am Sinn der Maßnahmen zu zweifeln.

Eine maskierte, studentische Bedienung mit einer reichlich beladenen Frühstücksplatte balancierte an unserem Tisch vorbei. Hinter dem Tresen gurgelte leise die Kaffeemaschine.

„Wie bitte?", presste ich hervor. „Du willst was...?"

„Du hast mich genau verstanden, Dorian."

Ich registrierte Sonjas Blick, zu allem fest entschlossen.

Ich wusste sofort, dass ich verloren hatte. Diesen Ausdruck in ihren Augen kannte ich jetzt seit über 5 Jahren:

ICH MÖCHTE – ICH WILL – ICH WERDE.

„Ich will einen Hund!"

In meinem Kopf schwirrten einhundert Gedanken gleichzeitig herum auf der Suche nach einer Strategie, die einen erfolgreichen Ausweg für mich bedeuten könnte.

Es gab keine!

Nicht bei diesem Blick, das wurde mir klar. Da half es auch wenig, dass Sonja meine ablehnende Einstellung zu diesem Thema kannte.

Wie ich es bereits erwähnt habe: Ich habe überhaupt nichts gegen Hunde.

Im Gegenteil.

Ich kann Hunde sogar sehr gut leiden. Der beste Freund des Menschen. Aber ich bin nun mal kein Fan von Haustieren. Am Schlimmsten finde ich Katzen. Bitte verzeihen Sie mir meine Einstellung, aber Katzen sind für mich umtriebige, pelzige, hinterhältige Wesen, die sich schnurrend zum Schmusen heranpirschen, um einem dann in einem völlig willkürlichen Akt der Brutalität ihre scharfen Krallen über die Haut zu ziehen.

Wenn ich ganz ehrlich bin: Ich denke, es liegt an mir.

Ich habe eine regelrechte Katzenphobie. Wenn ich einen dieser Freizeittiger erblicke, mache ich einen großen Bogen darum.

Oder Singvögel: Sinnloses Trällern und Zwitschern, tagein, tagaus. Raschelnde Hamster, die einem die Nachtruhe rauben oder mümmelnde, streng riechende Meerschweinchen.

Also bitte! Keine Haustiere!

In meiner Phantasie bedeutete ein Hund stets die kleinste Kröte, die ich bereit war, schlucken zu müssen. Ich betone: Müssen!

Das heißt aber nicht, dass man sich einen Hund aufbürstet, wenn man im Grunde gar keinen haben will. Meine Haltung dazu war immer klar gewesen und Sonja wusste das ganz genau. Im Prinzip geht es um Verantwortung. Und da verhält es sich eben ähnlich wie beim Nachwuchs: morgens aufstehen, Fläschchen machen, Windeln wechseln, spazieren gehen, zum Kinderarzt hetzen, pflegen, füttern und erziehen. Alles Dinge, auf die man meiner Meinung nach verzichten kann. Ich möchte nicht morgens früh um sechs Uhr an einem verregneten Novembertag durchnässt auf einer kalten Wiese stehen und eine geschlagene Stunde darauf warten, bis der liebe 'Wauwau' sein Geschäft erledigt hat.

Des Weiteren habe ich keine Lust dazu, dreimal wöchentlich zu staubsaugen, um die Hundehaare zu entfernen und ich hasse diesen fleischigen Geruch von Chappi und Pansen, der sich vom Küchennapf penetrant und unaufhaltsam seinen Weg durch die ganze Wohnung bahnt und genüsslich in jedem Winkel ausbreitet.

Es bereitet mir alles andere als Vergnügen, bei jedem Geläut an der Haustüre sinnlose Kommandos zu brüllen, weil das Kläffen kein Ende nimmt.

Ich bin genervt von diesen bettelnden Blicken flehender Hundeaugen, wenn ich mir beim Frühstück eine Scheibe Salami in den Mund führe. Ich...

„Dorian! Dorian, hörst du mir überhaupt zu?"

Ich sah sie an und sagte nichts. Natürlich hatte ich zugehört. Ich höre meistens zu.

„Ich will einen Hund. Jetzt. Sofort! Am besten noch diese Woche. Hast du mich verstanden?"

Mein Nachdenken begann sich zur Panik zu steigern.

Ich sah mich bereits auf einer Hundewiese stehen, umzingelt von verblödeten Hundebesitzer*innen, wo ich mit all jenen dämlichen, obligatorischen Fragen einer 'Community' konfrontiert werden würde:

„Na, Rüde oder Weibchen? Wie alt ist er denn?", und so weiter und so fort. Einfach grauenhaft!

Hundehalter*innen haben da keine Chance.

Man wird gegen seinen Willen von fremden Leuten belästigt, mit denen man sich ansonsten nie unterhalten oder sonst etwas zu tun haben möchte.

Es passiert einfach.

Es ist schwer, sich mithilfe von Unfreundlichkeit zu wehren, solange die kleinen Lieblinge auf der Wiese gemeinsam herumtollen.

Da gibt es keine Fluchtmöglichkeit.

„Aber Sonja? Wieso denn das jetzt? Wir haben doch darüber gesprochen, du kennst doch genau meinen Standpunkt. Ich will das nicht und es passt im Übrigen auch gar nicht zu unserer Lebenssituation."

Jetzt wurde es gefährlich. Die Kaffeemaschine hinter der Bar lieferte durch lautes, langanhaltendes Zischen den passenden Soundtrack dazu.

„Es ist mir herzlich egal, was du darüber denkst. Ich will einen Hund. Basta. Ich brauche irgendjemanden, der mit mir spazieren geht. Ich wünsche mir jemanden, den ich streicheln kann, der mit mir schmust und spielt, jemanden, der sich darauf freut, wenn ich von der Arbeit nach Hause komme!"

Uff! Das hatte gesessen. Kennen Sie auch das Gefühl, wenn Ihnen buchstäblich der Boden unter den Füßen weggezogen wird?
Dieses lange, hilflose Fallen ins Nichts und die schmerzliche Erkenntnis nach dem harten Aufprall:
Es ist vorbei. Das war's!
Schluss.
Aus. Ende.
Die Beziehung stand am Abgrund.
Und ich Idiot hatte es die ganze Zeit verdrängt, wollte es nicht wahrhaben. Sonja hatte mit allem Recht.
Und es war die logische Schlussfolgerung.
Was ich ihr in den letzten Wochen und Monaten nicht mehr geben konnte oder wollte, sollte jetzt ein Hund übernehmen.
Mein Ersatzspieler, sozusagen.
Ich hatte mich zurückgezogen.
Die Gewöhnung war zu gewöhnlich geworden und die Langeweile zu langweilig.
Beides hatte sich bis ins Unerträgliche gesteigert.
Ich machte mühsame, unbeholfene Versuche, unsere Beziehung noch zu retten:

„Bei unserem Terminplan, Sonja. Wer soll sich denn um das arme Tier kümmern, wenn wir keine Zeit haben? Denk' doch mal daran, welche Schwierigkeiten entstehen, zum Beispiel bei Urlaubsreisen ins Ausland."

Das war recht schwach, ich gebe es zu.

Sonja war anscheinend besser vorbereitet und konterte ohne zu zögern mit einem gut kalkulierten Plan.

„Bei den meisten Urlauben ist es überhaupt kein Problem, den Hund mitzunehmen. Das machen doch viele Leute so. Ansonsten würde sich Geli dazu bereit erklären zu helfen und auf den Hund aufzupassen."

Na super. Auch das noch!

Der für mich gesunde Abstand zu meiner werten Fast - Schwiegermutter war damit dahin.

„Hat Angelika überhaupt die Kraft dazu, in ihrem Alter?", lautete mein verlegener Einwurf.

„Das lass' mal meine Sorge sein, Dorian. Schließlich habe ich nicht vor, mir einen Rottweiler zuzulegen."

Beruhigend.

„Äh... an was für eine Art oder Rasse hast du denn gedacht?"

Sonjas Augen weiteten sich wieder merklich.

Sie wusste genau, dass sie gewonnen hatte. Meine Kapitulation war hiermit unausgesprochen amtlich.

Sie trank ihren Kaffee aus und winkte die Bedienung an den Tisch.

„Trink aus, wir fahren nach Fechenheim."

„Nach Fechenheim?"

Sonja lächelte fein. „Zum Tierheim. Andiamo."

Die ersten Monate zu dritt verliefen überraschend ruhig. Auf eine gewisse Art waren sie sogar angenehm gewesen. Sonja hatte ihren Hund und Willen, ich meine Ruhe.

Trotzdem war ich unruhig geworden.

War diese Beziehung noch zu retten oder entwickelte sie sich zu einem langsamen, grausamen Sterben auf Raten?

Grübelnd blickte ich hinüber zum Kühlschrank und beobachtete den Hund beim Fressen. Seine Schnauze hing tief im Napf und er grunzte zufrieden.

Nach welchen Kriterien Sonja ihre Wahl getroffen hatte, war mir rätselhaft.

Die Frau im Tierheim hatte behauptet, das Tier zum ersten Mal zu sehen. Sie vermutete, dass eine ihrer Kolleginnen der Nachtschicht den Hund ins Tierheim gebracht hatte, aber in den Büchern gab es überhaupt keinen Eintrag. Sie telefonierte etwas herum, aber niemand wusste etwas. Am Ende war es ihr wohl auch egal, sie füllte irgendwelche Papiere aus, gab uns ein Merkblatt und einige Adressen und wir nahmen den Vierbeiner mit. Er lief Sonja ohne Leine hinterher, als ob er sein ganzes Leben lang nichts anderes getan hätte.

Es war eine klassische Promenadenmischung:

Rüde, gefleckt in schwarz und weiß, mittelgroß mit einem halblangen Schwanz und seltsamen, lustigen, abstehenden, spitzen Ohren. Sonja taufte ihn Henry. Der Tierarzt hatte ihn auf ungefähr 3 Jahre geschätzt, was wohl 21 Menschenjahren gleichkommt. Er sah haargenau aus wie diese Straßenköter, die an den spanischen Stränden herumlungern und die Abfälle plündern.

Ich stellte mir bildlich vor, wie er mit einem treudoofen Blick irgendeine Touristenfamilie aus Offenbach dazu gebracht hatte, ihn aus dem Urlaub mit nach Hause zu nehmen.

Und wie so oft ist da der weitere Weg vorgezeichnet: Am Ende kümmerte sich niemand mehr um den armen Vagabunden und sie beschlossen, ihn auszusetzen oder abzugeben. So schnell ging das von *'Ach, ist der süß'* bis zu *'Der Köter nervt.'*

Trotzdem hatte ich beschlossen, so wenig Empathie wie möglich zu zeigen. Ich hatte meine Position gleich zu Beginn abgesteckt.

„Es ist dein Hund. Ich habe nichts damit zu tun. Ich füttere ihn nicht, gehe nicht mit ihm 'Gassi' und ich staubsauge auch nicht öfter unsere Wohnung, als ich es sonst tue."

Sonja war einverstanden und somit waren die Dinge geklärt.

Ich registrierte erfreut, dass unser Zusammenleben weiterhin so öde wie bisher dahintrudelte.

Klar, wenn Sonja morgens jetzt eine Stunde früher aufstand, um mit dem Hund eine Runde zu drehen, wachte ich kurz auf und drehte mich mürrisch zur Seite. Dann aber überkam mich ein Gefühl der Zufriedenheit, weil ich ja noch liegen bleiben konnte. Also, Ohrenstöpsel rein und es war Ruhe.

Herrliche Ruhe.

Ich hatte das Bett noch zwei Stunden für mich alleine.

Aber alle schönen Dinge enden irgendwann.

Der Horror begann im Monat September, der diesmal ausgesprochen kühl ausfiel. Sonja hatte sich eine Magen-Darm-Grippe eingefangen und lag mit Fieber im Bett. Es war klar, was jetzt passierte. Sie brauchte gar nichts zu sagen.

Die Vereinbarung war stillschweigend außer Kraft gesetzt, über Nacht für null und nichtig erklärt worden.

Nachdem ich eine gefühlte Viertelstunde die Hundeleine gesucht hatte, verließ ich den Block um halb sieben Uhr morgens bei leichtem Nieselregen. Ich fluchte vor mich hin und der Hund tappte mir irritiert hinterher.

„Ja, ja, ich weiß, ich weiß. Frauchen wäre dir lieber, aber glaube mir: Mir auch."

Da ich bei diesem Mistwetter keinen Bock hatte, den weiten Weg in den Park zu nehmen, hoffte ich, dass der Hund rasch 'sein Geschäft' auf dem Grünstreifen inmitten unserer Straße erledigte und ich wieder zurück in die warmen Federn konnte.

„Nun mach schon, beweg' dich", quengelte ich, doch der Vierbeiner schaute mich nur fragend an.

Machte ich etwas verkehrt?

Eine Stimme von hinten riss mich aus meinen Gedanken:

„Ach, sieh' mal an. Das ist doch der gute Henry. Na, heute Morgen mal mit dem Herrchen unterwegs?"

Ich drehte mich um und musterte den Typen.

Also nee, den hatte ich hier bei uns noch nie gesehen. Lange, angegraute Haare, Dreitagebart, schwarze Fliegerjacke und Gummistiefel. An der Leine hielt er einen großen Hund der aussah wie ein Wolf. Ich kenne mich nur schlecht aus, aber ich denke es war so eine Art Husky.

Henry zog ungeduldig an der Leine und beschnupperte seinen Artgenossen. Es sah so aus, als ob die beiden sich nicht zum ersten Mal begegneten.

Sie kannten sich offensichtlich schon recht gut.

„Äh...hallo", antwortete ich umständlich. Ich hoffte darauf, schnell weitergehen zu können und mir ein Gespräch zu ersparen.

„Ist Sonja nicht da?", fragte der Typ und strich sich mit seinem Zeigefinger über die Oberlippe. Wieso machte jemand so etwas? Und woher kannte dieser Nerd Sonja?

Trafen die sich vielleicht öfter?

Hatten die beiden vielleicht etwas miteinander? Tausend Fragen schossen mir gleichzeitig durch den Kopf doch ich stammelte nur:

„Äh, nein, sie ist...krank."

Der Waldschrat in Gummistiefeln grinste.

„So, so...krank. Das ist ja schade. Na, dann richten Sie ihr 'Gute Besserung' aus."

Er blickte auf die Hunde. Ich wollte ihn gerade fragen, von wem ich denn Grüße ausrichten sollte, als er fortfuhr:

„Sie müssen ihren Hund von der Leine lassen, sonst macht er nie 'sein Geschäft'."

Ich runzelte die Stirn.

„Sehen Sie, schauen sie zu, machen Sie ihn los."

Der Mann ließ seinen Hund von der Leine. Der Husky verzog sich umgehend zum nächsten Gebüsch und hob sein Bein.

Ich ließ Henry los und der stürmte wie von einer Tarantel gestochen hinterher.

Es dauerte keine dreißig Sekunden und die Hunde waren im morgendlichen Bodennebel nicht mehr auszumachen.

Was soll ich Ihnen sagen?

Es war genauso, wie ich es immer befürchtet hatte.

Nichts mit '*Zurück ins warme Bett*'.

Henry tauchte erst nach einer halben Stunde wieder auf, in der ich mir die komplette Lebensgeschichte von Herrn Martin Ritter anhören musste. Er sparte nichts aus, weder seine Scheidung noch seine Krankenakte.

Ich war bedient.

Fluchend säuberte ich den total verdreckten Hund in der Badewanne und wischte den Matsch auf.

Danach schüttete ich ihm Fertigfutter in den Napf, füllte sein Wasser nach.

Ich sah auf die Küchenuhr.

Acht Uhr morgens.

„Dorian, machst du mir bitte einen Kamillentee?", klang es aus dem Schlafzimmer. Ich war in der Hölle, gefangen im Fegefeuer der 'Kümmerer'.

„Das mache ich nicht länger mit. So hatten wir das nicht vereinbart, das mit dem Hund!"

Ich erschreckte mich selbst über meine unkontrollierten Worte, aber es war zu spät.

Sonja sagte nichts. Sie lag im Bett und ihre Augen formten sich zu kleinen Schlitzen. Ich wusste, was sie dachte und ich setzte noch einen drauf:

„Ach ja, schönen Gruß von deinem Freund Martin."

Ich konnte die Eifersucht in meiner Stimme nicht verbergen.

„Du mich auch", murmelte Sonja. „Du mich auch."

DIE LEERE

Es war der erste Sonntag im Oktober, als Sonja ihre Koffer packte. Es lag eine erschreckend ruhige und emotionslose Routine in ihrem Handeln. Es fühlte sich an, als ob sie sich gerade für eine Urlaubsreise rüstete.

„Hast du vielleicht meine graue Handtasche gesehen?"

Ich deutete wortlos auf die Kommode im Flur. Nur langsam fing ich an zu begreifen, was passiert war.

Vor zwei Wochen hatten sie uns mal wieder einen landesweiten Lockdown in Aussicht gestellt. Die Ansteckungsrate war gestiegen und eine erneute Angst vor dem Leben in einer Doppelzelle hatte den Prozess der Trennung beschleunigt.

„Ich mache Schluss! Ich kann mich auf dich nicht mehr verlassen. Du bist herzlos."

„Es ist wegen des Hundes, richtig? Alles nur wegen des Hundes", erwiderte ich.

„Zwischen uns ist es schon lange aus, Dorian, du hast es nur nicht bemerkt. Henry hat damit am Wenigsten zu tun."

„Natürlich liegt die Schuld bei diesem Hund. Ich denke, das ist eindeutig."

Ich schwankte zwischen Selbstmitleid, Resignation und Orientierungslosigkeit auf der einen Seite und einer kitzelnden Vorfreude auf das alte und bald neue Leben, das vor mir lag:

Das Single Dasein, die kommende Freiheit.

Natürlich hatte ich Angst vor der Einsamkeit und Leere, aber das war nichts, was ich nicht von früher her schon kannte und ich fühlte mich bereit dazu, damit umzugehen.

Sonja zog in einen anderen Stadtteil, nicht weit von hier, aber weit weg genug von mir.

Es gab keinen Streit zwischen uns.

Es lief völlig nüchtern und gesittet ab, fast wie bei einer Nachlassveranstaltung:

Sie das Bett, ich den Tisch.

Sie das Geschirr, ich das Besteck.

Sie die Fotoalben, ich den Toaster.

Sie ging, ich blieb.

So plätscherten die Tage dahin. Und der Hund?

Dreimal dürfen Sie raten: Natürlich nahm sie den Hund mit, alles andere hätte die Sache ja ad absurdum geführt.

Ich kann mich daran erinnern, dass es fast eine ganze Woche gedauert hatte, bis endlich der Geruch des Tieres aus der Wohnung verschwunden war.

Ich zog alle Register: Häufiges Lüften, Pfannengerichte, Duftkerzen und Raumsprays. Endlich hatte ich es geschafft. Ich saß auf dem Sofa und schnupperte.

Nichts erinnerte mehr an den Hund...und an Sonja.

Im Fernsehen lief eine bescheuerte Casting Show und ich sog die sterile Luft ein.

Dann bemerkte ich es. Eine kleine Träne kullerte über meine Wange und bahnte sich ihren Weg zu den Mundwinkeln, zwängte sich salzig auf meine Zunge. Irgendwann brachen alle Dämme.

„Sonja! Sonja! Henry!"

Ich schrie und heulte wie ein kleines Kind. Gleichzeitig fragte ich mich, ob ich jetzt völlig übergeschnappt war.

Ich hatte keine Ahnung, was da mit mir passiert war. Im Nachhinein gesehen und rational betrachtet weiß ich heute:

Ich trauerte nicht der Liebe hinterher.

Ich vermisste das Gewohnte, den täglichen stupiden Alltag, Sonjas kritische Blicke, die verlegte Handtasche, die Anrufe der verhassten Pseudo-Schwiegermutter und... ja, auch den Hund.

Verdammt, ich vermisste sogar den Geruch der nervenden Töle. Mein hemmungsloses Schluchzen ging schleichend über in ein hysterisches Gelächter.
Ich konnte gar nicht mehr aufhören.

Es war schrecklich.
Glücklicherweise tauchte in der Glotze schließlich die Visage vom Ober - Guru bei 'Deutschland sucht den Superstar' auf und ein in mir aufkommender Brechreiz beendete das fast unkontrollierbare Spektakel meiner Seele.

Ich überlegte. Was konnte ich tun?
Raus! Raus hier, bloß weg!
Ablenkung. Freunde treffen.
Freunde?
Seit Jahren hatte ich mich bei niemandem mehr gemeldet. Diejenigen Leute, die von sich aus mit mir Kontakt halten wollten haben dann irgendwann aufgegeben. Freundschaften muss man eben pflegen, sie sind keine Einbahnstraße.
Es sah also nicht gut aus.
Wo war das alte Adressbuch?
Ich blätterte in den vergilbten Seiten aus einer anderen Zeit herum. A…B…C… Carl... Christoph…
Christoph Stiegler …
Mein Gott, der Christoph.
Den hatte ich ganz vergessen! Was haben wir beide Anfang des Jahrtausends für Schoten gerissen! Wir sind damals zusammen durch Portugal getrampt.

Kein Campingplatz war vor uns sicher und wir pflegten bei der Partnerinnenwahl eine jugendliche Leichtigkeit. Von Strand zu Strand, von Zelt zu Zelt, von Studentin zu Studentin.

Ich wählte die alte Nummer.

Es klingelte unendlich lange.

„Schmälzle. Ja, bitte?", erklang eine männliche Stimme.

„Oh. Ich weiß jetzt nicht, ob ich hier richtig bin oder mich verwählt habe…?"

Für eine kurze Zeit herrschte Stille. Dann hörte ich wieder die Stimme:

„Wen wollen Sie denn sprechen?"

„Ich…ich dachte, dies sei der Anschluss von Stiegler?"

„Stiegler? Ach so, Sie meinen wahrscheinlich den Vormieter. Da muss ich Sie leider enttäuschen, tut mir leid. Ich habe die Wohnung übernommen, samt der Telefonnummer."

Ich überlegte kurz.

„Ach ja, ach so. Na gut. Hören Sie, ich bin ein alter Freund von Herrn Stiegler. Sie haben nicht zufällig seine neue Nummer oder eine Adresse für mich?"

„Nun ja", fuhr der Mann fort, „versuchen Sie es doch einmal auf dem Hauptfriedhof."

„Bitte??? Soll das ein Scherz sein?"

„Leider nicht", knödelte die Stimme weiter.

„Ich muss es ja wissen, denn als Herr Stiegler letztes Jahr verstarb, musste ich als Nachmieter Teile seines Haushaltes entsorgen."

Ich musste mich wieder hinsetzen.

Meine Zunge war trocken und bewegte sich nur noch schwerfällig. Gestorben…bereits vor einem Jahr.

Christoph war tot!

Portugal war Geschichte!

Ich versuchte mich zu sammeln.

„Können Sie mir vielleicht sagen, was passiert ist?"
Herr Schmälzle schien die Lust an unserem Gespräch
nun gänzlich verloren zu haben. Ich vernahm ein
deutliches Schnaufen.

„Nein, kann ich nicht! Ich bin doch nicht die Auskunft
und ich kenne Sie ja überhaupt nicht. Sie haben sich
noch nicht einmal vorgestellt!"

Stimmt, das hatte ich glatt vergessen.

„Wenn Sie wirklich ein enger Freund waren, dann
werden Sie ja Leute kennen, die ihm nahestanden und
können sich dort informieren! Guten Tag!"

Zack - aufgelegt, der Idiot.

Ich goss mir einen Whiskey ein.

Den brauchte ich jetzt dringend.

Tot!

Aus und vorbei wie die sonnigen Küsten und engen
Zelte, die schönen Mädchen, die Rave Partys und das
Millennium Fieber.

Ich blätterte nervös weiter im Adressbuch.

D…Daria Schwarz, ein Hammerweib! Wir waren mal
kurz zusammen gewesen und sind lustig um die Häuser
gezogen: Unbekannt verzogen, wahrscheinlich nach
Norddeutschland.

E…Ewald Bender - geschieden und verschollen.

F…Felicitas Fuchs - was für ein Name! Geheiratet und
nach Spanien ausgewandert.

H…Hassan Amman – vor ungefähr zwei Jahren in
einer Kneipe abgestochen worden, von einem
betrunkenen Hooligan.

J…Jürgen Merz - der war angeblich aufgebrochen nach
Syrien in den heiligen Kampf für den IS.

Also das glaubte ich nie und nimmer, der hatte mit Religion gar nichts am Hut.

So ging das weiter und weiter, den halben Abend.

Endlich hatte ich jemanden an der Strippe.

Larissa!

Larissa war schon immer eine Weltmeisterin im Zuhören gewesen und ich nutzte es reichlich aus. Ich jammerte ihr über zwei Stunden lang ununterbrochen die Ohren zu.

Zwischendurch dachte ich, sie hätte aufgelegt. Erst ziemlich am Ende unseres Gesprächs sagte sie:

„Schau mal, Dorian. Wir waren doch fast alle schon einmal in solch einer Lage wie du. Das geht vorbei. Zeit heilt alle Wunden, und auch, wenn das ein 08/15 Spruch ist: Es stimmt. Wichtig ist, dass du die neue Situation rasch in den Griff bekommst. Dazu Regel Nummer eins: Vergiss' Sonja, und zwar so schnell wie möglich. Sieh zu, dass du sie aus deinem Kopf und deinem Herzen rausbekommst. Alles wird gut. In ein paar Jahren lachst du darüber und dann…"

Klick.

Ich legte auf.

Diese altklugen Sprüche waren genau das, was ich jetzt am Wenigsten brauchen konnte. Die Idee mit dem Adressbuch war ein echter Rohrkrepierer.

Ich schaute auf die Küchenuhr:

23:15 Uhr.

Also…Plan B:

Raus in das pralle Leben, alter Mann. Du bist gerade mal vierzig, siehst aus wie fünfunddreißig und du kannst locker mit der Generation dreißig mithalten.

Im benachbarten Stadtteil Bornheim befand sich unsere frühere Lieblingskneipe, das ‚Geräusch'.

Ich machte einen großen Bogen darum, denn ich wusste genau, was mich dort erwartete:

Alte, abgehalfterte Mädchen und Jungs um die fünfzig oder älter, die mit glasigen Augen müde in ihr Bierglas stierten und wehmütig den guten, alten Tagen nachtrauerten.

Irgendwann dann, weit nach Mitternacht, waren schließlich alle sternhagelvoll, grölten, sangen, heulten dicke Tränen und steckten sich gegenseitig ihre nassen Zungen in ihre faltigen Hälse. Danach hüpften sie wie angeschossenes Wild zu den alten Punk Rock Platten ihrer Jugend auf der Mini-Tanzfläche im Raucherraum herum.

Nee, kein Bock darauf.

Ich zog weiter ins ‚Heaven and Hell'. Dort hatte ich vor meiner Beziehung mit Sonja die eine oder andere nette Bekanntschaft gemacht und das Publikum dort war um einiges jünger... auch wenn die Musik kacke war: Das ‚Heaven and Hell' war heute meine erste Wahl.

Vom musikalischen Standpunkt her hielt ich es eher mit dem Punkrock und hartem Technobeat als mit Hip-Hop oder diesem nichtssagenden Blubbern, das der Hintergrundmusik in einem Kaufhausfahrstuhl glich.

Aber das war jetzt sekundär. Im Übrigen hat jede Generation ihre eigenen Helden und bekommt die Songs, die sie verdient.

Es waren die letzten Oktobertage und das Rascheln der fallenden Blätter hob meine Stimmung.

Eigentlich war ich schon durch die Eingangstür gegangen, als mich plötzlich kräftige Hände unsanft zurückrissen.

„Hey, Meister, nicht so schnell."

Verflucht, das war eine Kneipe und keine Disco…seit wann stand hier ein Türsteher, und dann auch noch mit Maske?

„Ohne Corona Lappen kommst du hier nicht rein."

Ich sah das Paket aus Muskeln, Glatze und einer schwarzen Bomberjacke fragend an. Dann fiel es mir wieder ein.

Zum Kuckuck!

Durch den ganzen Stress und Frust der letzten Woche hatte ich die Ausnahmesituation verdrängt und keine Nachrichten mitbekommen. Wahrscheinlich waren aufgrund der hohen Ansteckungszahlen mal wieder die Bestimmungen geändert worden, das ging mal so und mal so. Da blickte niemand mehr durch!

Lockdown, dann aber wieder regionale Ausnahmen, eine Maskenpflicht, verschärfte Hygienevorschriften, Kinos und Kneipen zu, die Frisöre aber auf, die Querdenker Demo ja, die Antirassismus Demo nein…wie es den Damen und Herren der hohen Politik eben passte.

Und dann dieser Lappen vor dem Gesicht.

Ganz ehrlich:

Früher falteten mich die Kassiererinnen im Supermarkt zusammen, wenn ich mit aufgezogenem Motorradhelm an der Kasse gestanden habe und die Bankangestellten hinter dem Schalter schrien:

„Ziehen Sie das Ding hier drinnen aus, wir sind ein Finanzdienstleister, haben Sie schon einmal etwas von Raubüberfällen gehört?!"

Heute wurde man angebrüllt, wenn man nicht maskiert war.

Staatliche Aufhebung des Vermummungsverbots, ganz offiziell, haha.

Die kräftige Hand des Türstehers lag immer noch wie Blei auf meiner Schulter.

„Sorry…hatte ich vergessen. Seit wann brauche ich eine Maske innerhalb der Kneipe? Ich will doch nur was trinken?"

„Interne Regelungen erlaubt. Also, wie sieht's aus?"

Umständlich kramte ich ein altes Taschentuch aus meiner Hosentasche.

„Reicht das?"

„Mensch, verpiss' dich, Alter. Komm wieder, wenn du eine ordentliche Maske hast."

Das tat ich dann auch, allerdings erst zwei Abende später, kurz vor Halloween. Ich hatte aus der Kellerkiste meine alte, abgewetzte Designerlederjacke hervorgekramt und mir die Haare geföhnt.

„Nicht übel, Dorian, nicht übel."

Ich stand vor dem Spiegel und freute mich auf einen spannenden Abend.

Leider ist es meistens so, dass wenn man voller Erwartung ist, gar nichts geschieht. Die wirklich wichtigen Ereignisse bestimmt das Schicksal eher zufällig. Den ganzen Abend saß ich alleine am Tresen und sah dem Barkeeper beim Gläser waschen zu. Ein Sicherheitsabstand von mindestens zwei Barhockern verhinderte jegliche Nähe oder Kontaktaufnahme und die Leute lupften allenfalls zur Getränkeaufnahme verstohlen ihre ‚Mini-Burka'.

Man konnte gar nicht erkennen, ob jemand lächelte oder vielleicht Grimassen zog.

Die Gespräche hallten dumpf und unverständlich durch dickes Leinentuch und mischten sich mit dem Blubbern der belanglosen Musik zu einem traurigen Brei.

Da half auch kein Trick wie das ‚Schöntrinken'.

Nach ungefähr sieben Bierchen hatte ich genug und torkelte nach Hause.

Die frische Luft erhöhte meinen Pegel um Einiges und ich begann sinnlos zu singen.

Endlich hatte ich mich durch das Treppenhaus getankt und öffnete die Wohnungstür.

Eine sterile, unfreundliche Brise wehte mir entgegen als ich den Flur betrat. Es war dunkel und ich fummelte mit der Hand an der Wand entlang.

Ich fand den Lichtschalter nicht.

„Sonja! Sonja, wo bist du?", heulte ich laut auf. „Sonja...! Henry...!"

Es war irrwitzig.

Plötzlich stolperte ich über irgendeinen auf dem Boden liegenden Gegenstand und landete auf der Nase.

Tiefe Schwärze empfing mich.

Ich erwachte am nächsten Morgen, ich lag immer noch im Flur meiner Wohnung. Alles tat mir weh, mir war schlecht und ich hörte eine Stimme:

„Herr Weil? Herr Weil, ist alles in Ordnung mit Ihnen?"

Ächzend drehte ich mich auf die Seite und schaute nach hinten.

In der offenstehenden Tür des Eingangsbereichs meiner Wohnung stand Frau Kaschel, die alte Vettel aus dem Parterre.

Ausgerechnet die!

Wie oft hatte diese Frau mich schon bei der Hausverwaltung verpetzt:

Zu laute Musik, Treppenhaus nicht gekehrt, Fahrrad im Gang geparkt und so weiter und so fort.

Na prima, jetzt wusste es gleich die ganze Straße.

,Herr Weil lag total besoffen auf dem Boden bei geöffneter Eingangstür...anscheinend die ganze Nacht. Und das alles nur, weil seine Freundin abgehauen ist'.

„Ja, ja, alles o.k."

Immer noch liegend knallte ich ihr mit einem geschickten Schwung des linken Fußes die Tür vor ihrer Nase zu.

Rums!

Ich war fertig.

Dann schleppte ich mich in mein Bett. Ich fühlte mich platt wie ein verwundeter Soldat, der vom Panzer überrollt auf allen Vieren über ein Schlachtfeld kriecht.

Mit allerletzter Kraft zog ich mich hoch auf die Matratze und deckte mich zu.

In meinem Kopf drehte es sich wie auf einem Karussell.

Ich erinnere mich noch an meinen letzten Gedanken:

„Es muss sich etwas ändern. Irgendetwas muss sich ändern...und zwar bald."

Ich sank in einen traumlosen Schlaf.

ENTERPRISE

Der November hatte nicht gut begonnen für mich.

Ich war am Ende, physisch wie psychisch. Dazu passte die Jahreszeit, die ich schon immer gefürchtet hatte, die Aussicht auf graue, bittere Wintertage.

Ich soff wie ein Loch, vernachlässigte mich und auch die Arbeit, meldete mich so oft es ging krank, was in diesen Tagen recht einfach war. Schließlich hatten wir diese Corona Krise an der Backe und die Welt lag in einer panischen Schockstarre.

Das Thema Kneipe hatte sich erledigt. Nicht, dass ich nach dem letzten Alkoholexzess geheilt worden wäre, nein. Die Bundesregierung hatte einfach knallhart alles dichtgemacht und ließ Gastwirte, Künstler und alle, die unsere Wirtschaft entbehren konnte, im Regen stehen und trieb sie in den Ruin.

Es machte einfach keinen Spaß mehr! Das Leben war leer und sinnlos geworden. Wir alle funktionierten nur noch wie kleine, ferngesteuerte Spielzeugroboter. Aufstehen, arbeiten, fressen, schlafen.

Fernsehen - Internet – Supermarkt - viel mehr gab der Tag nicht her. Erbärmlich!

Ich klammerte mich an meinen Alkohol und an mein Selbstmitleid wie der Wahlverlierer Donald Trump an sein verlorenes Amt als US - Präsident. Bloß keine Realitäten anerkennen!

Es war ein trüber Samstagmorgen. Ich überlegte, ob es sich überhaupt lohnen würde, aus dem Bett zu kriechen. Es klingelte an der Tür. Nur in Unterhosen und T-Shirt bekleidet machte ich mich widerwillig auf den Weg.

Abermals ertönte die Glocke.

„Ja, ja verdammt nochmal!"

Wahrscheinlich DHL oder Hermes...was hatte ich denn nur bestellt?

Ich öffnete die Tür und zuckte zusammen.

Vor mir stand Sonja.

„Na, das hat aber gedauert. Hallo Dorian."

Ich konnte erst einmal gar nichts sagen und schämte mich aufgrund meiner optischen Erscheinung.

„Äh...Hallo...Hallo, Sonja."

Ich stotterte etwas, man sah mir meine Verlegenheit an.

„Darf ich kurz hereinkommen? Ich hätte etwas mit dir zu besprechen."

Halleluja – natürlich durfte sie reinkommen, keine Frage.

Die Hoffnung stirbt bekanntlich zuletzt.

Ich schlüpfte in Hose und Schuhe und warf die Kaffeemaschine an: Lavazza.

Sie erinnern sich?

Dieses Gerät hatte beim Auszug auf meiner ‚Haben-Seite' gestanden.

Ich versuchte, kleine Belanglosigkeiten auszutauschen, um mich vom Schock zu erholen und an die Situation langsam heranzutasten.

Mein Herz klopfte.

Wir saßen am Küchentisch und mir fiel auf, wie verändert Sonja auf mich wirkte:

Schön und erhaben, richtig zufrieden.

Trotzdem: Ich registrierte bei ihr eine gewisse innere Anspannung. Das machte mich ebenfalls nervös.

Dann fiel mir nichts mehr ein und ich schwieg vorerst.

„Du siehst schlecht aus, Dorian."

Wie ich diese Direktheit doch liebte.

„Danke, ich weiß."

Sie hatte Recht.

Wie immer. Da gab es nichts zu beschönigen.

Sie räusperte sich und fuhr fort:

„Dorian, ich habe ein Problem. Ich hoffe, du kannst mir damit helfen."

Ich war überrascht. Damit hatte ich nicht gerechnet.

Was denn für ein Problem? Vermisste sie mich? Wollte sie wieder zurück zu mir? Durfte ich tatsächlich hoffen? Mein Puls beschleunigte sich spürbar.

„Schieß los", sagte ich locker. „Wo drückt der Schuh?" Diese dämlichen, flapsigen Sprüche waren nur bedingt dazu geeignet, meine Anspannung zu überspielen. Sonja goss sich eine Tasse Kaffee ein.

„Der Hund, Dorian. Es geht um den Hund."

„Der Hund???"

Meine Tagträume platzten wie Seifenblasen.

„Wieso, was ist mit dem Hund? Ich verstehe nicht..."

„Ich kann ihn nicht behalten. Zumindest temporär. Ich...ich muss ihn abgeben."

Vor Aufregung vergoss ich etwas Kaffee beim Eingießen. Meine Hände begannen zu zittern.

„Abgeben? Aber...warum denn abgeben?"

Sonja kam in Fahrt und schnaufte wütend.

„Der Vermieter, dieser Geier! Ich habe es im Mietvertrag übersehen. Keine Haustiere erlaubt, steht da drin, verstehst du? Keine Haustiere! Zu Beginn hat er überhaupt nichts gemerkt aber jetzt hat er spitzbekommen, dass ich einen Hund besitze. Er hat mir gestern eine Frist gesetzt bis Ende der Woche. Henry muss weg, oder er setzt mich eiskalt auf die Straße."

Allmählich stellte sich bei mir eine gewisse Befürchtung ein, worauf das Ganze hinauslaufen könnte. Vielleicht aber auch nicht.

Ich startete den Ballon.

„Ja, das ist natürlich unangenehm. Was hast du denn vor? Du könntest natürlich auch vorerst bei mir unterkommen, oder den Hund zurück ins Tierheim..."

„Auf gar keinen Fall!", brauste Sonja auf.

„Henry kommt nicht zurück ins Tierheim! Auf lange Sicht suche ich mir natürlich eine neue Wohnung. Aber..."

Sonja schaute mich an und verengte die Pupillen.

„Aber das kann etwas dauern."

Oh - oh. Nachtigall, ‚ick hör dir tapsen'.

„Und?"

„Und deshalb bitte ich dich, Henry eine Weile bei dir aufzunehmen."

„WAS?" Ich spielte den Überraschten, obwohl ich den Schlag längst kommen gesehen hatte.

„Bitte, Dorian. Es wäre nur für ein paar Wochen, vielleicht zwei, drei Monate, höchstens. Du kennst den Hund doch und er kennt dich. Bitte, tue es mir zuliebe. Es wäre wirklich die beste Lösung."

Sie hatte mich im Sack. Sie wusste es.

Wahrscheinlich hegte ich im Stillen die Hoffnung, Sonja durch eine gönnerhafte Geste zurück zu gewinnen.

„Aber klar, Sonja. Kein Problem, mache ich doch gerne. Wenn es dir hilft…"

Meine linke Hand hielt die Rechte unterm Tisch fest, dass ich mir nicht selbst eine reinhaute. Aber Sonja lächelte und die Sonne ging auf.

„Das hätte ich jetzt nicht vermutet. Du überraschst mich, Dorian. Vielen Dank."

Sie nahm meine Hand und mir wurde schwindelig.

„Ich danke dir von Herzen."

Ich mir auch, dachte ich. Was hatte ich getan?

Welcher Dämon hatte mich geritten? Aber es war zu spät. Am Montag zog Henry bei mir ein.

Tja, was soll ich sagen? Ich war überrumpelt worden. Ausgetrickst! Sonja hatte sogar den Napf, das Körbchen und das Kuschelkissen mitgebracht. Ich hatte gehofft, dass sie wenigstens zum Kaffee bleiben würde.

Sie drückte mir nur die Adresse vom Tierarzt und Tierfutter Großmarkt in die Hand und verschwand mit den Worten:

„Ich habe es leider eilig, ich muss sofort weiter. Ich habe gleich einen Termin." Kein '*bis später*' oder '*ich rufe dich an*'.

Ich stand da mit meiner Hundeleine in den Händen und sah zu, wie Henry zufrieden in Richtung Wohnzimmer trottete und es sich auf dem Sofa gemütlich machte, fast so, als wolle er damit sagen:

„Endlich wieder zu Hause. Das wurde ja auch langsam Zeit."

Ich hatte mir zwei Wochen frei genommen. Erstens wollte ich mich an die neue Lage behutsam gewöhnen und zweitens musste ich sowieso meinen Resturlaub bis Ende des Jahres verbraten. Ich schlurfte runter zum Kiosk, holte mit die Zeitung und ein paar Brötchen um das Ganze erst einmal mit einem gemütlichen Frühstück anzugehen.

Und wissen Sie was?

Ich bemerkte es sofort, als ich wieder zurückkam und die Wohnungstür aufschloss.

Der Geruch. Dieser traurige Geruch der Leere.

Er war verschwunden.

Es roch wieder nach Leben, das war ja unglaublich!

Es roch nach Fressnapf, es roch nach Hund.

Kauend beobachtete ich interessiert meinen alten und neuen Wohnungsgenossen.

Henry streckte sich lang und kratzte sich abwechselnd seine abstehenden Spitzohren, einmal links, einmal rechts.

Das sah vielleicht komisch aus.

Ich musste unwillkürlich grinsen und hatte eine Idee:

„Also ehrlich, Kumpel. Bei deinen Ohren hätte ich dir einen anderen Namen verpasst. Henry geht da ja überhaupt nicht."

Der Hund hörte mit dem Kratzen auf, legte den Kopf schief und sah mich fragend an.

Ich aß weiter und sinnierte vor mich hin.

„Wie hieß denn dieser komische Typ nochmal von ‚Raumschiff Enterprise'…der mit den spitzen Ohren?"

Ich kam nicht drauf.

Manchmal befürchte ich, Anzeichen einer bereits schleichenden Demenz an mir zu erkennen. Dabei hatte mich früher mein Onkel mit den alten Serien quasi bombardiert, nur, weil er als Kind selten in den Genuss kam, eine Folge sehen zu dürfen.

Sein Vater schaute nämlich samstags immer die Sportschau im Ersten und Enterprise lief im Zweiten. Da zog mein Onkel fast immer den Kürzeren, außer wenn der Alte sich die Bundesliga in der Kneipe ansah.

In diesem Falle war der Weg frei für Captain Kirk und seine Mannschaft für die Reise durch die unendlichen Weiten des Weltalls.

Mein Onkel hatte mir erzählt, die alten Episoden wären viel besser als der ganze geklonte Mist, der danach kam.

Na ja. Das ist nun wirklich Geschmackssache.

Ich fand die Neuverfilmungen der zweiten Generation mit Captain Kirk ab 2009 besser. Ansonsten war ich in meiner Kindheit mit ‚Star Wars' aufgewachsen, *Darth Vader* und *R2 D2*.

Verflixt, wie hieß jetzt nochmal dieses Spitzohr?

„Die Enterprise dringt in Galaxien vor, die nie ein Mensch zuvor gesehen hat, Captain Kirk, Scotty, Pille...und..."

Verdammt!

Dann passierte es plötzlich:

„S P O C K."

Na klar, logo! Spock!

Mister Spock hieß der Typ.

Wie konnte ich das nur vergessen?

Moment...ich bekam von Null auf Hundert eine Gänsehaut.

Wer hatte das gesagt?

Wie in Zeitlupe drehte ich meinen Kopf nach links, nach rechts und wieder zur Mitte. Ich stellte die Kaffeetasse auf den Tisch.

Das war doch eben nicht ich?

Diese Stimme...da hatte doch gerade jemand laut und deutlich *„Spock"* gesagt. Erst war ich mir sicher...dann wieder nicht.

Aber ich hatte diesen Namen doch überhaupt nicht laut ausgesprochen...oder doch?

Woher war dann diese Stimme gekommen?

Misstrauisch schielte ich hinüber zum Sofa. Es kam mir fast so vor, als ob das Tier mich angrinste.

„Zuviel Fantasie, Dorian. Eine typische Reaktion bei zu viel Stress."

Das war jetzt laut und deutlich ich selbst gewesen, darauf hatte ich geachtet.

„Nun gut, mein vierbeiniger Freund. Dann soll es so sein." Ich stand auf und deutete mit dem Zeigefinger auf ihn.

„Ab heute heißt du Spock...oder Spocky, wenn dir das lieber ist. Das klingt um Welten besser als Henry und es passt zu dir wie die berühmte Faust aufs Auge."

Jetzt schien es wirklich so, als ob der Hund seine Schnauze heftig verzog, also das kam wirklich einem eindeutigen Grinsen nahe.

„Bilde dir ja nichts ein, mein Junge. Solange du die Pfoten unter meinen Tisch stellst, habe ich das Sagen. Einverstanden, Spocky?"

Spock zwinkerte zweimal mit dem Augenlid.

Ich interpretierte das als ein untergebenes 'o.k.' und war zufrieden mit mir, schlüpfte in meine Stiefel und holte die Jacke vom Haken.

Seltsamer Weise hatte ich richtig gute Laune. Der Hund beobachtete mich und wackelte erwartungsvoll mit seinem Schwanz.

„Na dann, alter Vulkanier: Warp Antrieb starten...auf zu neuen Abenteuern. Der unendliche Park ruft uns. Hoch mit deinem Hintern, wir gehen 'Gassi'."

Der Hund war schneller an der Tür als ich bis drei zählen konnte und kurze Zeit später verließen wir das Haus.

Die ersten Tage war ich noch etwas unsicher im Umgang mit dem Tier, aber das änderte sich schnell.

Nur auf den Grünstreifen vor dem Haus hatte ich seit der Begegnung mit Martin 'Vollidiot' Ritter keine Lust mehr.

Darum nahmen wir den längeren Weg zur Hundewiese im Huthpark auf uns.

Lag es an dem herrlichen Sonnenschein an diesem kalten Novembertag oder an der Namenstaufe für den Hund?

Sie werden es kaum glauben:

Meine Schritte waren leicht und beschwingt und mit einer Art von Urlaubsfeeling beobachtete ich vergnügt, wie Spock locker und lässig an der Leine neben mir herlief.

Übermütig pfiff ich die Melodie von 'American Idiot'. Offensichtlich stand Spock nicht auf Punkrock, er legte seine Stirn in Falten, ging schneller und fing an zu ziehen.

„Schon kapiert, Sportsfreund. Ist nicht so dein Ding, was? Wie wäre es mit etwas Klassik?"

Ich probierte, die Melodie von ‚Freude schöner Götterfunken' zu summen, aber das ging ebenfalls schief. Spocky zog wie verrückt an der Leine. Endlich hatten wir den Park erreicht.

Ich löste den Verschluss am Halsband und er raste laut bellend los.

An diesem Tag war recht viel los auf der Wiese.

„He, langsam, nicht so stürmisch."

Zwecklos, der Hund hörte nicht.

Auf der stark abschüssigen, mit welkem Laub durchtränkten Wiese standen noch drei weitere Hunde herum. Spock rannte zielsicher auf einen Collie zu.

Nach einem kurzen Begrüßungsschnuppern waren die beiden in den seitlichen Büschen verschwunden.

Ich stellte mich unter einen großen, alten Baum und dachte bei mir, dass das jetzt der perfekte Zeitpunkt wäre, mir eine Kippe anzustecken.

Leider war ich Nichtraucher.

Mich zog zum Nikotin nichts hin, das war nicht meine Droge. Es war mir ein Rätsel, wie die Leute freiwillig ihr Geld und ihre Gesundheit in die Luft blasen konnten.

Um cool zu wirken, hatte ich es einmal mit Pfeife versucht, wahrscheinlich aber nur, um meinem Ego einen intellektuellen Anstrich zu verpassen.

Das ging komplett nach hinten los.

Nach einem Bericht im ‚Stern' über Zungenkrebs und Sonjas ständigem Genörgel über diesen penetranten, süßlichen Gestank in den Klamotten habe ich es gelassen.

Sonja sagte damals....

„Ach ja. Sonja", murmelte ich in mich hinein.

Sie fehlte mir.

Überhaupt fehlte mir der zwischenmenschliche Kontakt und um ehrlich zu sein: Natürlich vermisste ich den Austausch mit dem anderen Geschlecht. Konnte man in meinem Fall denn schon von Einsamkeit sprechen?

„Haben Sie meine Hündin gesehen?"

Ich war so in Gedanken vertieft gewesen, dass ich die Frau neben mir nicht bemerkt hatte. Sie trug einen schwarzen Wintermantel, Wildlederstiefel und eine witzige Skimütze mit der Aufschrift:

WIRR IST DAS VOLK.

Die halblangen, braunen Haare fielen sanft auf ihre Schulten. Hinter ihrer Brille glänzten wache, kluge Augen. Sie trug keine Maske, lächelte und offenbarte zwei herrlich quer stehende Schneidezähne, mittig in der oberen Reihe.

Ich fand sie auf Anhieb sympathisch und sehr attraktiv.

„Äh...bitte?" Mehr fiel mir nicht ein.

Wirklich ganz toll!

„Meine Hündin. Vielleicht haben Sie sie gesehen? Eine Collie Hündin."

„Collie? Sagten Sie Collie?"

Ich ärgerte mich über meine Verlegenheit.

„Ja, ich glaube, ihre Hündin ist mit Spock gerade ab in die Büsche...äh, zum Spielen, denke ich."

‚Mein Gott, Dorian, du bist so peinlich', dachte ich.

Sie grinste frech und musterte mich vom Kopf bis Fuß.

„Spock? Sie nennen Ihren Hund Spock? Na, das ist ja mal originell." Sie überlegte kurz, dann erklang ein glockenhelles Lachen.

„Was meinen Sie, könnten Sie bitte ihren ersten Offizier einmal anfunken oder am Ende gar zurückbeamen, am besten gemeinsam mit der Crew und mit meiner Lassie?"

Jetzt lachte ich ebenfalls laut auf.

Meine Güte, wie hatte ich das doch vermisst, einfach mal herzlich zu lachen.

„Lassie? Echt? Sie nennen ihre Hündin Lassie? Wie in der Fernsehsendung, diese Kinderfilme?"

„Nun ja", grinste sie weiter. „Da sehen Sie es. Die meisten Menschen mit Hunden haben wohl einen Spleen. Irgendwie müssen wir uns doch vom Rest der Welt unterscheiden."

Verstohlen musterte ich die Frau...lächelnd wie ein Honigkuchenpferd.

Sie entsprach nicht meinem subjektiven Klischee von Hundehalterinnen.

Ich fand sie einfach nur bezaubernd.

„Dorian. Ich heiße Dorian", stellte ich mich vor und reichte ihr aus alter Gewohnheit die Hand. Sie hielt mir ihre ‚Ghettofaust' entgegen.

„Oh, glatt vergessen", sagte ich und formte ebenfalls eine Faust.

„Scheiß - Corona", setzte ich hinterher.

„Corinna", lächelte die Schönheit und schlug mit der Faust ein.

„Nee, ich sagte Corona…Scheiß -Corona."

„Ich heiße Corinna. Angenehm."

Ich wäre gerne in das nächste Mauseloch gekrochen. Was für ein Fettnapf! Das war mal wieder typisch für mich.

„Äh, ja…finde ich auch. Hallo, Corinna. Schön, dich kennen zu lernen."

Ich hatte wirklich Glück. Bevor sich diese Peinlichkeit weiter ausbreiten konnte, stürmten die beiden Hunde glücklich und verdreckt aus den Büschen hervor.

„Na, da bist du ja, du kleine Ausreißerin", flötete Corinna.

„Spock, antreten, sofort zu mir auf die Brücke."

Corinnas Lachen zauberte warme Sonnenstrahlen in den eiskalten Novemberhimmel.

„Ihr beide seid echt witzig. Na dann, vielleicht bis bald?"

Sie verabschiedete sich und winkte mir nochmal zu.

„Ja gerne, hoffentlich bis bald", rief ich zurück.

Ich war so perplex, dass ich noch nicht einmal nach einem möglichen ‚wann und wo' fragte, geschweige denn den Mut aufbrachte, nach einer Handynummer zu bitten.

Ich stand nur da, wie ein glücklicher Trottel, der unwissend in eine Glaskugel starrt.

WURMLOCH

An diesem Abend beschloss ich zu feiern.

Da die Gaststätten immer noch geschlossen hatten, gab es keine Frage über die Lokalität.

Ich deckte mich im Penny Markt mit reichlich Flüssigem ein und freute mich nach diesem für mich so gut verlaufenen Tag auf einen entspannten Abend mit Glotze, Bier und Hund.

Bei der Biersorte war ich nicht unbedingt wählerisch. Hauptsache, es war Dosenbier und ganz wichtig:

Eiskalt!

Das Bier aus der Blechbüchse hat etwas von diesen ganz billigen, amerikanischen Trash Filmen und ich liebe das Geräusch, wenn die Dose in der Hand beim Drücken leicht knackt.

Des Weiteren hat dieses Format einen unschlagbaren Vorteil:

Bei meiner Schusseligkeit und den harten, Frankfurter Küchenkacheln erspare ich mir so das Aufwischen eines von Bier durchtränkten Scherbenhaufens.

Schusseligkeit kombiniert mit Küchenkacheln-eine wirklich teuflische Angelegenheit!

Ich hatte also genug zu trinken, mich mit Tonnen von Kartoffelchips eingedeckt, gute Filme ausgesucht und machte es mir mit Mister Spock im Wohnzimmer gemütlich.

Zur Auswahl hatte ich die Zombie Groteske '*Shaun of the Dead*' und einen alten Klassiker aus den späten 70er Jahren von Warren Beatty:

'*Der Himmel soll warten.*'

Ich entschied mich für den alten Schinken.

Zur Stimmung des Tages passte eine romantische Geschichte einfach besser als fleischige Beute auf zwei Beinen.

Die Bierdose zischte lustig beim Öffnen und der Streifen begann.

Der Film zog mich volle Kanne in seinen Bann, das hätte ich nicht gedacht. Ich konnte gar nicht genug davon bekommen und ebenso ging es mir mit dem Bier.

Diese Story faszinierte mich:

Ein hochkarätiger Sportler scheidet viel zu früh aus dem Leben, weil der Todesengel etwas zu schnell reagiert. Anstatt den Unfall abzuwarten, zieht dieser die Seele des Pechvogels aus dem Verkehr, obwohl der Sportler überlebt hätte. Erst an der Himmelspforte wird der Fehler entdeckt.

Die Mächte des Himmels gewähren ihm daraufhin eine zweite Chance, er darf zurück ins pralle Leben. Doch die Sache hat einen Haken:

Sein Leichnam wurde bereits eingeäschert!

Nun bekommt der dusselige Todesengel die heilige Aufgabe, dem Sportler einen neuen, passenden Körper zu suchen, natürlich von jemandem, der gerade aus dem Leben scheidet.

Die sterbliche Hülle des frisch verstorbenen und äußerst unsympathischen Millionärs ist zwar nicht die erste Wahl unseres Helden, aber es bleibt ihm keine Alternative.

Mit guter Seele und Sportsgeist ausgestattet schafft er es in kürzester Zeit, aus diesem alten Miesepeter einen netten, erfolgreichen Football Star zu machen und auch die Liebe kommt nicht zu kurz.

Leider ist auch bei diesem Körper die Lebensuhr abgelaufen und so muss sein Geist weiterziehen, zum Quarterback...

Momentmal, das wievielte Bier hatte ich da bereits intus?

Ich konnte dem Handlungsstrang kaum noch folgen, aber die Botschaft war klar:

Ist da nicht noch etwas anderes als die menschliche Hülle?

Lebt die Seele weiter?

Ist wahre Liebe fähig, einen verlorenen Menschen auch nach seinem physischen Ableben in einer anderen Person wiederzuerkennen?

Der Film gab mir die Antwort mit einem romantischen Happy End:

JA!

Als der Abspann lief, flossen mir vor Rührung die Tränen aus den Augen und aufgrund des Promille-Pegels die Bierreste an den Mundwinkeln hinunter.

„Schön...ach mein Gott, war das traurig und schön..."

Ich starrte auf den Bildschirm und bemerkte, dass ich inzwischen besoffen war.

„*Schön blöd, würde ich sagen.*"

Ich kicherte.

Da war sie wieder, diese komische Stimme aus dem Nichts.

„Ist ja irre", dachte ich. „Ich rede mit mir selbst."

„*Schön blöd und völlig unrealistisch.*"

Ich stutzte...

„Wieso unrealistisch? Es ist durchaus denkbar, dass man, bei einem gewissen Maß an Sensibilität, Menschen an ihrer Seele wiedererkennt."

„Das meine ich nicht. Unrealistisch ist, dass sie dem Sportler den Körper des Millionärs anbieten, der ebenfalls nicht mehr lange zu leben hat. Das nenne ich schön blöd."

„Was kann ich denn für das Drehbuch? Der eine findet so etwas eben gut, der andere findet es schlecht."

„Gut–schlecht – papperlapapp. Das sind doch allenfalls Kategorisierungen von betriebsblinden Zeitgenossen. War Napoleon ein großer Reformer oder ein kleiner, tyrannischer Mann? War Van Gogh ein brillanter Künstler oder nur ein geisteskranker Irrer? Genie und Wahnsinn, Seite an Seite, aber was sehen die Menschen? Gut und schlecht. Sie sehen eine Knollennase, Pickel auf der Haut, einen Bierbauch und O- Beine. Mehr ist da nicht, das kannst du mir glauben."

In einer Art Zeitraffer drehte ich meinen Hals zur linken Seite. Ungläubig starrte ich auf den Hund, der sich auf seinem Kissen lümmelte und mich frech angrinste.

„Hast...du...hast du gerade etwas gesagt?", hauchte ich ungläubig.

Spock gähnte lang und herzhaft und als sich seine Schnauze schloss, sah ich eine kaum zu erahnende Lippenbewegung.

„Siehst du hier vielleicht noch jemand anderen, der sich mit dir unterhält? Ich jedenfalls nicht. Mann, was für ein langweiliger Film. Langweilig und unrealistisch. Ich muss ins Bett."

Mir klappte die Kinnlade herunter. Was in aller Welt...? Spock erhob sich und wackelte langsam hinüber zu seinem Körbchen.

„Der Hund...der Hund spricht. Mein...mein Hund spricht mit mir", stammelte ich. „Der Hund kann reden."

„Licht aus! Gute Nacht!", ertönte es aus dem Flur.

„Ja, ja. Gute Nacht, Spocky."

Mein Kopf sank zur Seite, die Augen fielen mir zu.

Ich träumte von einem Football Spiel.

Der Quarterback war ein Hund.

Ich erwachte, als ein Hubschrauber auf meinem Kopf landete, zumindest fühlte es sich entsprechend an. Ich dachte, mir platzt gleich der Schädel.

So einen Kater hatte ich noch nie gehabt.

Irgendwas Feuchtes glitt über mein Gesicht. Ich öffnete die Augen und blickte auf die Zunge von Spock, die meine Wange bearbeitete.

„Bäh...igitt, hör' auf... aus!"

Doch dann wurde mir schlagartig klar, dass der Hund mich darauf aufmerksam machen wollte, dass er 'sein Geschäft' verrichten musste und so wie es schien, ziemlich dringend.

Ich schlüpfte schnell in das Notwendigste und wir schafften es gerade noch bis zu dem verhassten Grünstreifen vor dem Haus. Spocky konnte gar nicht mehr aufhören mit dem Urinieren und ich bekam ein schlechtes Gewissen.

Schließlich trollten wir uns wieder in Richtung Block.

„Das war allerhöchste Eisenbahn, fast wäre mir die Blase geplatzt."

„Bitte???"

Ich blieb stehen und sah ihn entgeistert an. War es möglich, dass ich immer noch nicht nüchtern war?

„Wie...wie kannst du so etwas sagen? Wieso sprichst du überhaupt mit mir?"

„Wäre es dir denn lieber gewesen, ich hätte dir ins Bein gebissen oder in deine Dusche gepinkelt? Meine Güte, du stellst vielleicht Fragen."

„Na hör' mal", empörte ich mich. „Was denkst du denn, wie ich reagieren sollte? Es kommt ja wohl nicht alle Tage vor, dass ein Hund mit mir spricht, oder?"
Spock seufzte, hielt an einer Mülltonne und hob abermals das Bein.

„Das kommt nur davon, dass ihr nicht richtig zuhört.
Ihr Menschen seid mit euren kleinen, nutzlosen
Alltagsdingen so beschäftigt, dass ihr die wichtigen Bereiche
eures Lebens nicht wahrnehmen könnt."
Ich war komplett verwirrt.

„Wichtige Bereiche des Lebens? Hä? Was quatschst du denn da für ein sinnloses Zeug?"

„Genau das ist der Punkt, siehst du, dass meine ich", fuhr Spock fort. *„In deiner sogenannten Sinnlosigkeit liegt der eigentlich Sinn des Lebens. Das, was du als nutzlos und überflüssig deklarierst, ist in Wahrheit die Essenz des Daseins. Dir fehlt der Blick, der Zugang zu einem offensichtlich dringenden Handlungsbedarf."*
Ich verstand nur Bahnhof.

„Ich verstehe nur Bahnhof", stammelte ich.

„Das habe ich mir schon gedacht", seufzte Spock.

„Lass es mich einfacher formulieren: Ich habe einen tierischen Kohldampf und brauche etwas zu fressen. Wir sollten ganz schnell nach oben gehen."
Er zog ungeduldig an der Leine und ich stolperte konsterniert hinterher.

Als Spock zu Hause genüsslich seinen Pansen herunterschlang setzte ich mich auf mein Sofa, betrachtete das Schlachtfeld von gestern Abend und versuchte mich zu sammeln.

Was war passiert? Mein Hund redete mit mir.
Oder bildete ich mir das alles nur ein? Vielleicht waren diese Stimmen nur in meinem Kopf?

Sprach er am Ende über eine unbekannte, geheime Frequenz mit mir? Konnte nur ich den Hund hören? War ich gerade wahnsinnig geworden?

Der Hund...dieser Hund...und dieser Kater!

Mir wurde schlecht beim Anblick der vielen leeren Bierdosen.

Ich riss mich zusammen und räumte auf. Um mich abzulenken schaltete ich den Fernseher ein.

Auf 3 SAT lief gerade eine Dokumentation über die erste Mondlandung, sterbenslangweilig. Das war jetzt genau das Richtige für mich.

„...aber ein großer Schritt für die Menschheit", lautete der Kommentar. Dazu gab es grobkörnige schwarzweiß Bilder, alles kaum erkennbar.

„Ein Hoch auf die sogenannte Lügenpresse und die US-Propaganda!", kläffte es aus der Küche zu mir rüber.

„Bitte???"

Es folgte eine gespenstische Stille, doch dann ging der Zirkus weiter:

„Die Amis waren nie auf dem Mond, glaube mir, alles gelogen!"

Ich setzte mich aufrecht hin.

„Woher willst du das denn wissen, hm?"

Ich hörte tapsende Schritte und nach einer Weile streckte Spock seine grinsende Visage durch die Wohnzimmertür.

„Ich war dabei, Captain Kirk, live dabei. Kein Witz. Das war alles ein riesengroßer Schwindel. Betrug vom Feinsten."

Ich musste husten und hielt mir schnell ein Taschentuch vor mein Gesicht.

Mein Kopf dröhnte immer noch wie eine Apollo Rakete beim Start.

„Du...du warst also dabei, ja? Du warst vor Ort und hast alles beobachtet, ja? Das ist ja sehr interessant. Also im Jahr 1969? Ja, richtig? Dann wärst du jetzt inzwischen...wie alt?"

Am Satzende hob ich die Stimme merklich an, um Spocks lächerliche These als unglaubwürdig dastehen zu lassen.

Der Hund schlenderte ins Zimmer und machte es sich auf seinem Sitzkissen bequem.

„Reinkarnation, mein Bester. Schon mal etwas von Reinkarnation gehört? Wiedergeburt der Seele? Du erinnerst dich an das Thema?"

Dieser überhebliche Besserwisser-Ton gefiel mir überhaupt nicht.

„Natürlich weiß ich, was das ist. Ich habe schließlich mein Abitur gemacht, mit 3,7, wenn du es genau wissen willst."

Ich wollte der Sache jetzt unbedingt auf den Grund gehen. Soweit kam es noch, dass mich schon der Hund veräppelt.

„Du behauptest also, angeblich Augenzeuge einer weltweiten Verschwörung gewesen zu sein, 1969? Du möchtest mir erzählen, dass die Mondlandung ein Betrug war und du, oder du als jemand anderes, das beobachtet hat? Ich darf mal nachfragen: Du warst die Katze von Neil Armstrong, ja?"

„Charmant", erwiderte Spock. *„Aber leider knapp daneben. Ich war einer der leitenden Ingenieure für das Weltraumprogramm. Damals setzten uns die Russen mit ihren Fortschritten gehörig unter Druck, da musste die US-Regierung natürlich Erfolge vorweisen."*

Ich schüttelte den Kopf und glaubte ihm kein Wort.

„Auch, wenn du es mir nicht abnimmst, es ist Fakt: Nach mehreren Fehlschlägen war klar, dass wir den Mond nicht erreichen konnten, trotz unserer vollmundigen Ankündigung. Was für eine Blamage für 'Gods Own Country'. Also mussten wir das Ganze in einem geheimen Filmstudio in Hollywood nachstellen."

Jetzt lachte ich laut auf.

„Das ist die älteste Verschwörungstheorie, die ich kenne! Und dazu noch eine der Dämlichsten. Und jetzt erkläre mir mal, wie man vom schmucken Körper eines offenbar intelligenten Ingenieurs in den weniger schmucken Körper eines..." „Vorsicht!"

„...eines anscheinend ebenfalls intelligenten Hundes gelangt?" Spock räkelte sich genüsslich auf seinem Kissen.

„Ich sage nur eins: Wurmloch."

Zufrieden beobachtete er meine Sprachlosigkeit.

„W…W….Wurmloch? Wie, was denn für ein Wurmloch?"

„Na, das Wurmloch inmitten der Milchstraße natürlich, Herr Abiturient. Ein Reiseportal für Seelen, nachdem sie ihre sterbliche Hülle verlassen haben, Mensch, Tier, Mann und Maus."

„Quatsch, du meinst das schwarze Loch in unserer Galaxie. Das ist doch etwas völlig anderes."

„Nein und ja. In diesem Falle handelt es sich um eine Doppelfunktion. Das wissen aber nur die Schlausten. Alles wird hineingezogen und nur die Besten bekommen eine Chance und dürfen zurückkehren."

Dieser labernde Westentaschen-Philosoph. Schwätzer! Nur die Schlausten! Wurmloch!

Eine Chance...zurückgeschickt...nur die Besten.

Aha.

„Zurückgeschickt, von wem zurückgeschickt?", fragte ich.

„Gott?"

Spock blinzelte mit den Augen.

„Gott, ach mein Gott. Stets dieses niemals endende triviale, menschliche Denkmuster. Immer wieder geht es nur darum. Aber Gott lässt sich nicht beweisen, genauso wenig lässt er sich widerlegen. Was soll also die Frage nach Gott? Ist das Universum rund oder eckig? Ist die Erde doch eine Scheibe? Hat der Papst verbotenerweise Kinder gezeugt? Ist Bernd Höcke etwa der verschollene Enkel von Adolf Hitler?"

„Der heißt aber gar nicht Bernd...der heißt...ach... irgendwie anders."

„Mir egal", knurrte Spock.

„Irgendwas mit B... B wie Bettnässer."

„Oder Bombenleger", ergänzte ich.

„Du musst dich ja mit den Schöpfern mächtig angelegt haben, wenn du ausgerechnet als Hund zurückkehrst, oder? Was hast du angestellt? Im Wurmloch das Tempolimit nicht beachtet?"

„Witzig, witzig, Mister 3,7. Ich muss dich leider enttäuschen. Es ist ein Privileg, als Hund und nicht als Mensch wiederkehren zu dürfen. Wir Hunde sind eben die besseren Geschöpfe auf dieser Kugel. Ihr Menschen könnt nur schlechte Laune verbreiten, lügen, betrügen und die Welt mit eurer Habgier zu Grunde richten."

Ich wurde leicht sauer.

„So, so, das edle Tier. In allen Dingen überlegen, wie? Und der Mensch, also ich, die wahre Bestie: Machtgeil, hinterhältig, sexistisch und triebgesteuert, richtig?"

Spock grinste richtig unverschämt.

Anscheinend gefiel es ihm, mich aus der Reserve zu locken.

„Nun ja, das mit dem triebgesteuert würde ich jetzt mal ganz weit hintenanstellen. Das betrifft uns doch alle, irgendwie."

Ich schaltete den Fernseher auf stumm, die Reportage im Hintergrund nervte mich.

„Was meinst du damit, uns alle?"

Spocks Grinsen verbreitete sich noch etwas mehr.

„Was denkst du eigentlich habe ich mit der flotten Collie Dame in den Büschen gespielt? Schiffe versenken...?"

Ich war entrüstet.

Also, das war doch die Höhe!

„Du Ferkel! Schämst du dich denn nicht?"

„Für wen oder was sollte ich mich denn schämen? Seit wann ist einvernehmlicher Sex eine Sünde? Solange nicht von irgendeiner Partnerseite Druck oder gar Gewalt ausgeübt wird, ist doch alles in schönster Ordnung. Da darf jeder mit jedem, quer durcheinander. Ausgenommen wir befinden uns in Saudi-Arabien...oder unter dem Auge der PIS Partei in Polen. Apropos Druck... wie sieht es denn da bei dir aus?"

Ich schluckte. Was kam da jetzt noch hinterher?

„Tut mir leid, ich kann dir nicht folgen, Spocky. Was denn für ein Druck? Ich weiß nicht, was du meinst."

„Komm schon, Dorian. Lass doch das Theater. Ich habe genau gesehen, wie du auf Corinna gestiert hast. Ist auch schon eine Weile her bei dir, stimmt's? Also, gehen wir in den Park?"

Ich strafte den Hund mit einem strengen Blick. Verfluchter Hellseher!

Diese allwissende Plaudertasche, diese aus einem Wurmloch entsprungene Nervensäge!

Das war doch nicht die Möglichkeit!

Dann musste ich plötzlich unwillkürlich lachen. Ich konnte gar nicht mehr damit aufhören. Mein Kopf schmerzte, mein Bauch tat mir weh und ich grölte weiter und weiter.

Mein Hund sprach mit mir und zu allem Übel hatte er auch noch den Nagel auf den Kopf getroffen.

Ich war also verrückt geworden.

Endlich schaffte ich es, mit dem Lachen aufzuhören. Spock stand vor mir und hielt die Hundeleine in der Schnauze.

„Lass uns mal den Park checken, Captain."

Ich gab auf.

Er hatte gewonnen.

HAARIGE THESEN

Die nächsten Tage und Wochen vergingen mit einer ungewohnten Regelmäßigkeit, das Ende von 2020, das als 'verlorenes Jahr' in die Geschichte eingehen würde, kam in greifbare Nähe. Im Dezember ging ich wieder arbeiten, aber der Hund schien auch tagsüber alleine zurechtkommen.

Morgens ging es eine Stunde 'Gassi', danach Fressnapf und Wasser auffüllen, später mit dem Fahrrad zur Arbeit...

„Moment!"

Ach so, das hätte ich fast vergessen.

„Glotze an, Dorian."

„Jaja. Sorry, ich vergaß...NTV, wie immer?"

Spock bestand darauf, sich angeblich weiterbilden zu wollen.

„Klar, was sonst. Die ganzen anderen Mistsender kann sich doch kein Schwein, geschweige denn Hund, reinziehen. Hol' dir endlich so einen Netflix Account. Hier gibt es nur noch idiotische Casting Shows, fiese Heimatmelodien oder Reality Fakes auf Harz 4 Niveau."

„Na, wenn du es sagst, Spocky."

Also, schnell den Nachrichtensender eingestellt und auf ins Nachbarschaftszentrum. Zurzeit war dort nichts los, keine nervenden Jugendlichen, Probleme oder soziale Notfälle.

Alle Leute schienen irgendwo geparkt zu sein und ich war froh, oft früher gehen zu können. Dann war mehr Zeit für unsere täglichen Parkausflüge in den Nachmittagsstunden.

So kam es vor, dass ich zeitiger nach Hause kam und nicht selten das Schlitzohr damit überraschte.

Schon beim Aufschließen der Wohnung vernahm ich deutlich den Jingle Ton von RTL oder SAT 1.

„Ah, ja, die Bildung. Sehr vorbildlich, das gute Tier", pflegte ich dann zu flöten. Es war immer die gleiche Lachnummer.

Spocky hatte im letzten Augenblick wieder auf NTV gezappt und warf mir seinen unschuldigen Blick zu.

„Na, was Neues an der Niveau-Limbo Front?", frotzelte ich.

Die Antwort war fast immer die Gleiche:

„Ich weiß nicht, was du damit meinst? Wenn ihr Menschen eine bessere Politik machen würdet, wäre das Niveau der Nachrichten auch nicht so tief gesunken."

Gut pariert, das musste ich zugeben.

Aber heute hatte ich ihn einfach mal erwischt, es war sinnlos zu leugnen und das wusste er. Diesmal war er einfach nicht schnell genug gewesen.

„Ich habe nur mal kurz rüber geschaltet um zu sehen, wann heute Abend der Film beginnt. Den dürfen wir nicht verpassen, Dorian."

„Film? Was denn für einen Film?"

„Na, den James Bond Streifen, was denn sonst. 'Im Geheimdienst ihrer Majestät."

Ich stand da in Jacke und Schuhen. Eigentlich wollte ich ja sofort in den Park aufbrechen. Das Wetter war gar nicht so schlecht.

„Ach komm, Agentenfilm. Tausend Mal gesehen, kenne ich in und auswendig."

„Ja, aber mit DEM James Bond, dem einzigen und wahren James Bond. Dem besten Bond ever."

„Spock, das machen die nur, weil Sean Connery gerade gestorben ist. Da gibt es jetzt alle Nase lang einen Aufguss, verstehst du?"

Spock rümpfte die Nase und plusterte sich auf.

„Sean Connery? Bist du verrückt? Ich rede von George Lazenby!"

„George...wer?"

„George Lazenby, du unwissender Zweibeiner. Der genialste Bond aller Zeiten. Ein Mann, dem die Rolle wie auf den Leib geschrieben war."

Ich war nicht verrückt. Mein Hund war verrückt. Völlig durchgedreht.

„Also weißt du, einen George Dingeling kenne ich nicht und ich bezweifle, dass der jemals einen Bond Film gedreht hat. Ich kenne Sean Connery, Roger Moore, Timothy Dalton und Pierce Brosnan. Dann kam noch dieser andere Typ, aber als 007 blond wurde, habe ich aufgehört zu schauen."

„Und George Lazenby, ich schwöre...! Der war so gut, dass er Ende der Sechziger nur eine einzige Folge drehen durfte: Im Dienste ihrer Majestät."

„Aha. Doch so gut. Eine einzige Folge, sagst du?"

„Das lag daran, dass er revolutionäre Ideen hatte! Nach seinem ersten Film schlug er vor, Bond einen zeitgemäßen Style zu verpassen, so mit Bart und langen Haaren...hat dem Regisseur leider gar nicht gepasst."

Ich schüttelte den Kopf und holte die Hundeleine.

„Alles klar. James Bond als Hippie. Das hätte uns noch gefehlt. Mach dich bereit, wir gehen in den Park."

Die nächsten Tage beschäftigte Spock nur eine Sache, und es lief ab wie bei einen Ritual: Zuerst räkelte er sich genussvoll, anschließend spitzte er die Ohren, und bevor wir gingen kam seine Frage:

„Denkst du, dass sie heute kommt?"

Ich überlegte...irgendwie schien dieser Hund immer meine Gedanken zu erraten, das war fast unheimlich.

Ich hatte Corinna seit unserem ersten Treffen nicht mehr gesehen. Vielleicht wohnte sie gar nicht hier und unsere Begegnung war nur ein einmaliger Zufall gewesen?

Wer wusste das schon? Ich zuckte ratlos mit den Schultern und wir marschierten los. Inzwischen hatte ich die Hälfte sämtlicher Hundehalter*innen und ihre kleinen Lieblinge kennengelernt, die in unserem Stadtteil wohnten. Man grüßte sich freundlich und tauschte belanglose Alltagsfloskeln aus.

„Na, was macht Jingos Pfote?"

„Die Spritze heute beim Tierarzt war wieder einmal unverschämt teuer."

„Irgendetwas hat meine Lendy gefressen, was ihr gar nicht gut bekommen ist."

Ich erspare Ihnen den Rest, werte Leserinnen und Leser, denn Sie kennen diese Dialoge so gut wie ich.

Ich traf die dicke Dogge Lutz mit Herrchen Hanno, einem bärtigen Lehrer der örtlichen Gesamtschule, der auf unser Bildungssystem und die verpasste Digitalisierung schimpfte. Ich lernte auch Frau Krause und ihren Pudel kennen, die behauptete, Corona würde selbst auf Vierbeiner überspringen und dem armen Tier auch einen Lappen vor die Schnauze band.

Ich begegnete Brigitte, einer alleinerziehenden Mutter, die gleich zwei Bobtails besaß und mir flirtende Blicke zuwarf und dem alten Harald, dessen weißer Spitz aggressiv andere Hunde anbellte, um sich danach ängstlich hinter seinen Schutzpatron verziehen zu können.

Aber weit und breit keine Collie Hündin, weit und breit keine Corinna.

An diesem Tag rannte Spock wie ein Besessener auf der Hundewiese auf und ab, so viel Sportlichkeit und Ausdauer hatte ich ihm gar nicht zugetraut.

Nach einer Weile tollte er mit einem Schäferhund-Mischling herum und dann ging es mal wieder ab in die Büsche. Nach etwa drei Minuten hörte ich einen lauten, durchdringenden Pfiff.

Ich registrierte eine ältere Dame um die Siebzig, die ich vorher hier noch nie gesehen hatte. Sie stand etwa dreißig Meter rechts von mir unter einer alten Eiche und hielt eine Trillerpfeife in der Hand.

„Roxy! Hier...hierher! Hierher, Roxy!"

Aha.

Die Sache war ziemlich klar.

Nach einem erneuten, ohrenbetäubenden Pfiff aus ihrem Höllengerät steuerte ich die Frau an und begrüßte sie:

„Hallo. Ich glaube, Ihr Hund und meiner sind..."

Weiter kam ich nicht.

Mit seinen fast lachhaft kurzen Beinen kam der falsche Schäferhund wie der Blitz schwanzwedelnd aus dem Gebüsch hervor gestürmt und mein Hund wie ein Pfeilgeschoss hinter ihm drein.

Er klebte ihm quasi am Hinterteil.

„Spocky, komm zu mir. Komm her. Braver Hund."

Roxy kam ebenfalls heran und strich mit hängender Zunge und glasigem Blick um die Beine von seinem Frauchen.

Die alte Dame lugte misstrauisch zu uns herüber und strafte Spock mit giftigem Blick.

„Na Spock, habt ihr euch ausgetobt, du und die nette Hündin?", fragte ich und streichelte ihm über sein Fell.

„Roxy ist kein Weibchen, das ist ein Rüde!", gab die Dame in strengem Ton von sich.

Ich hörte mit dem Streicheln auf.

„Bitte??? Wie bitte?"

Ich sah die Hundehalterin entgeistert an.

„Roxy ist ein Männchen?"

„Natürlich. Schauen Sie doch genau hin. Sie scheinen sich mit Hunden nicht besonders gut auszukennen!"

Spock bemerkte sofort meinen ratlosen, fragenden Blick.

„*Iss was, Captain?*" Er grinste mich dreckig an.

„Spock? Spock...wir müssen reden."

„*Wieso, was gibt es denn da zu besprechen? Hast du vielleicht irgendetwas auszusetzen an mir? Du bist doch nicht homophob, oder? Ein heimlicher Schwulenhasser, hm?*"

„Quatsch! Ich habe überhaupt nichts gegen Schwule. Ist mir doch egal, wer wem sein Ding reinsteckt!"

„Na hören Sie mal!", empörte sich die Dame.

„Was brabbeln Sie denn für Schweinereien vor sich her, Sie sind wohl nicht ganz dicht?"

Ich schaute sie genervt an.

„Das ist eine Privatunterhaltung. Ich habe überhaupt nicht mit Ihnen geredet."

„So, mit wem reden Sie denn sonst? Vielleicht mit Ihrem Hund? Das wäre an sich nichts Ungewöhnliches, aber bei Ihnen klingt das eher so, als ob Sie denken, dass er Sie verstehen könnte?"

„Bingo. Und er antwortet sogar, das ist das Schlimme daran."

„*Die Dame ist nicht auf den Kopf gefallen. Ihr Hund dagegen ist ein ziemlicher Schwachkopf und beim Sex eine absolute Niete.*"

„Jetzt halte doch mal deine Schnauze! Ich rede gerade mit der Dame da, wie soll ich mich denn so konzentrieren?"

„Ihr Hund macht doch gar nichts, der hat doch gar nicht gebellt! Sie sind vielleicht ein schräger Vogel!" Argwöhnisch nahm die Dame Roxy zurück an die Leine und versuchte sich von uns zu entfernen, aber ihr Hund blieb stur stehen und stierte begeistert auf Spock.

„Komm Roxy, komm! Der Typ ist ja irre!"

„Das sieht ja so aus, als ob jemand doch Lust auf eine zweite Runde bekommen hat. Lass mich endlich los, Dorian. Ich muss meinem animalischen Trieb folgen."

„Kommt nicht in Frage. Und mit schwul oder nicht schwul hat das auch gar nichts zu tun. Du bleibst jetzt hier!"

„Von wegen! Das sind stereotypische Argumentationen eines verklemmten Schwulenhassers. Dabei bin ich eigentlich bi, nur damit du es weißt. Ist dir klar, dass Homophobie ein glasklares Zeichen dafür ist, dass man seine eigenen, geheimen, schwulen Fantasien verdrängen möchte, um sich nicht mit Selbsthass begegnen zu müssen? Der menschliche Anus zum Beispiel..."

„Der menschliche Anus ist mir SCHEISSEGAL !!!"

Ups... Das war laut gewesen.

Viel zu laut.

„Irre...Sie...Sie sind ja total irre!", schrie die Dame und zog verzweifelt an der Hundeleine. Endlich setzte sich Roxy widerwillig in Bewegung und folgte ihr.

„Aber es ist wissenschaftlich bewiesen…"

„Deine Wissenschaft ist mir ebenfalls völlig egal!" Spock verstummte, dann legte er den Kopf von links nach rechts.

„*Tsstsstss*", machte er mit einer vorwurfsvollen Geste.
Ich blickte mich um.

Die Dame hatte fast das Ende der Wiese erreicht und zog ihren Hund hinter sich her.

Drei oder vier andere Hundehalter*innen beobachteten mich mit der Neugier eines Denunzianten.

Ein älterer Mann mit Hut schüttelte missbilligend den Kopf.

O.k.

Das war wirklich laut gewesen. Ich hatte mich gehen lassen, wie ärgerlich.

Ich befestigte die Leine am Halsband.

„Los komm, wir rücken ab...bevor es noch peinlicher wird."

„*Weiser Entschluss, Dorian.*"

Wir verließen den Park ohne Umwege. Aber das Thema schien noch lange nicht erledigt zu sein, Spock trabte neben mir her und plapperte munter weiter:

„*Wusstest du, dass nicht wenige Nazis in den dreißiger Jahren des letzten Jahrhunderts schwul waren, verkappte Homosexuelle? Ich meine, das ist doch offensichtlich, schau dir die Uniformen und geilen Mäntel an, all das Leder...*"

„Du musst es ja wissen", stöhnte ich.

„Ich sage dir mal etwas: Die alten Nazis sind mir schnuppe, und die Neuen erst recht!"

„*Ich wollte nur meine These untermauern*", fuhr Spock fort.

Wir nahmen den abschüssigen Weg nach Hause.

„Du und deine absurden Thesen", beschwerte ich mich.

„Wahrscheinlich weißt du wieder alles ganz genau, weil du damals natürlich hautnah dabei gewesen bist, richtig?"

„Allerdings. Du bist ja gar nicht so dumm, wie du dich anstellst."

„Danke. Na, vielen Dank auch", grummelte ich.

„Mein Hund, der Nazi, bombardiert mich mit Komplimenten."

„Moment mal...ich habe nie behauptet, bei den Braunen gewesen zu sein. Da bist du aber auf dem Holzweg."

„So, so. Dann klären Sie mich bitte auf, Herr Zeitzeuge. Ich verzichte auf den Telefonjoker und tippe ins Blaue hinein: Du warst ein Ingenieur bei der IG Farben?"

„Ich mag Leute mit Humor, ehrlich. Huhu, einen Pluspunkt für dich, Dorian. Doch weit gefehlt, Herr Kandidat: Ich war bei den Roten."

Ich fing an zu lachen. Das wurde ja immer besser!

„Ein Kommunist? Du warst bei den Kommunisten? Was hast du gemacht bei denen, Flugblätter mit dem Konterfei von Lenin verteilt?"

„Lenin war ein Idiot. Ein diktatorischer Weltverbesserer. Die Ideologien beißen sich in ihrer Radikalität fast immer in die gegensätzlichen Schwänze. Zu einer anderen Zeit wäre Lenin genauso gut bei der SA mitmarschiert. Obwohl, den hätten sie nicht genommen, er war zu klein."

„Ho-ho-ho...gewagte These, Herr Professor der Geschichte. Du warst also ein roter Kommissar oder irgendjemand aus der Parteiführung der KPD?"

Spock hielt kurz an und wir blieben an einer Straßenecke stehen.

„Du irrst, mein unwissender, menschlicher Gefährte. Ich war der Hund vom Kommandanten."

Ich konnte erst einmal nichts erwidern.

Das war absurd.

Entweder bekam ich hier eine Lüge nach der anderen aufgetischt oder ich war reif für die Klapse.

„Hund? Du warst der Hund vom Kommandanten? Der Hund von einem Mitglied eines kommunistischen Kaders in den dreißiger Jahren?"

„Korrekt, Captain."

Ganz langsam kam ich wieder in Fahrt.

„Und du willst mir hier erzählen, du wärst damals als Hund gestorben und als Mensch wiedergeboren worden?"

Spock machte ein Gesicht, als ob er mühsam Jahreszahlen nachrechnen würde. In dieser Sache traute ihm nicht über den Weg.

„Du behauptest also, anschließend Ende der sechziger Jahre ein leitender Ingenieur bei der Mondlandung oder Nicht-Mondlandung gewesen zu sein. Willst du das behaupten???"

„Ich behaupte gar nichts. Behauptungen sind allenfalls die hilflosen Versuche der Unwissenden, andere Leute von ihren Theorien zu überzeugen, die sich nicht beweisen lassen. Im Übrigen bin ich unschuldig."

„Unschuldig?"

„Was kann ich dafür, dass diese Idioten am Ende des Wurmlochs mich in boshafter Weise damit bestraft hatten, als schnöder Zweibeiner auf die Erde zurückzukommen."

Ich stöhnte auf und zog an der Leine. Spock setzte sich wieder in Bewegung.

Ich überlegte…

„Willst du damit sagen, dass Gott oder wer auch immer da oben sitzt, ein Kommunisten - Hasser ist?"

„Das habe ich nicht gesagt, Dorian. Aber ganz offensichtlich haben die dort was gegen die Roten, auf jeden Fall gegen kommunistische Hunde. Das liegt doch auf der Hand."

Es hatte keinen Zweck mit ihm zu debattieren.

Ich beschloss, das Gespräch möglichst bald zu beenden oder besser gesagt, abzuwürgen.

„Weißt du was? Deine hanebüchenen Geschichten aus dem Wurmloch gehen mir allmählich…"

Ein Kreischen von Bremsen und ein ohrenbetäubendes Hupen unterbrachen mich abrupt.

Ach, du guter Vater!

Bei dem nicht enden wollenden Gequatsche hatte ich überhaupt nicht bemerkt, dass wir bei Rot die Straße überqueren wollten.

Ich riss den Hund gerade noch so zurück und das Auto kam mit der Stoßstange knapp vor uns zum Stehen.

Der Fahrer ließ sein automatisches Seitenfenster herunter. Es war ein Polizeiauto. Auch das noch!

„*Verdammte Bullen!*", kläffte Spock.

Hätte ich nur einmal meine Klappe gehalten.

Aber nein.

Stattdessen rutschte es mir heraus:

„Man sagt nicht Bulle."

Die Fahrertür öffnete sich und ein sehr großer, kräftiger Ordnungshüter in Uniform und mit Mund-Nase-Bedeckung stieg aus dem Auto. Er wirkte ziemlich wütend.

„Bulle? Haben Sie mich gerade Bulle genannt?"

Jetzt hatten wir den Salat. Ich sah mich bereits in der Zelle oder einem Hundezwinger übernachten.

„Ich…äh…nein…ich…"

Zu mehr reichte es nicht.

„Na, das schlägt doch dem Fass den Boden aus, echt! Geht hier bei knallrot rüber und dann auch noch Beamtenbeleidigung!"

„*Verdrehung der Tatsachen. Typisch Bulle, typisch für willkürliche Polizeigewalt*", knurrte Spock.

„Aus! Schnauze! Wirst du jetzt wohl endlich die Schnauze halten?", rief ich völlig verzweifelt.

Der Polizist holte tief Luft. Er schien nicht sonderlich amüsiert zu sein.

„Ihr Hund…Ihr Hund hat doch überhaupt nicht gebellt. Was ist denn mit Ihnen los? Sagen Sie mal, sind Sie vielleicht betrunken?"

„Sag nichts ohne deinen Anwalt, Dorian. Das kann alles später vor Gericht gegen dich verwendet werden."

„Meinen Anwalt? Sehe ich so aus, als ob ich einen Anwalt brauche?", platzte ich hervor.

Ich bemerkte sofort, dass dies meine Lage nur noch verschlechterte.

„Ich glaube, Sie brauchen eher einen Arzt. Einen ganz besonderen Arzt", stellte der Polizist fest und zückte sein Handy.

„Hören Sie, so hören Sie doch…bitte, es tut mir leid, ich kann alles erklären." Ich versuchte zu retten, was zu retten war. Der Beamte schaute mich prüfend an.

„Knüppel aus dem Sack! Knüppel aus dem Sack!", lästerte Spock und ich versuchte ihn so gut es geht zu ignorieren.

„Bitte entschuldigen Sie meine Verwirrtheit. Ich bin auf dem Weg zu mir nach Hause, ich brauche ganz dringend eine Insulinspritze…die habe ich dort wohl vergessen."

Die Gesichtszüge des Polizisten entspannten sich ein wenig, soweit man das unter seiner Gesichtsmaske erkennen konnte.

„Ich bin total überzuckert, deshalb habe ich wohl die rote Ampel übersehen. Bitte, glauben Sie mir."

„Geile Ausrede", bemerkte der Hund anerkennend.

„Ach so, na dann. Sie sind Diabetiker?"

Die Gesichtsfarbe des Ordnungshüters begann sich zu normalisieren.

„Haut die Bullen platt wie Stullen", sang der Hund unverdrossen weiter.

„Sei still, Spock. Nun sei doch mal still!"

„Ihr Hund ist ganz friedlich, ich verstehe das nicht. Jetzt kommen Sie mal wieder runter, ja? Sie…Sie sagen, Sie sind also zuckerkrank, richtig?"

„Ja, Herr Wachtmeister. Und ich muss dringend nach Hause."

„Ich bin nicht Ihr Wachtmeister, verstanden?"

„Armleuchter! Armleuchter!"

Dieser Hund trieb mich in den Wahnsinn…falls ich dort nicht schon gelandet war.

Zugleich aber war diese Situation so komisch und ich bemerkte mit Erschrecken, dass ich kurz vor einem Lachanfall stand.

Mein Gesicht verzog sich zu einer nicht definierbaren Grimasse.

Der Polizist blickte genervt auf seine Armbanduhr. Hinter seinem Wagen fing sich der Verkehr an zu stauen.

„Mann, verschwinden Sie bloß, sonst muss ich noch einen Bericht schreiben wegen diesem…ach, machen Sie, dass Sie wegkommen! Und nehmen Sie an der Straße Ihren Hund enger an die Leine!"

Er stieg wieder in sein Fahrzeug und ließ die Seitenscheibe hoch.

„Tag und Nacht, wird sie bei dir sein – die Polizei –iei-iei-iei-iei." Dieser Gesang war fürchterlich.

„Wenn du nicht sofort aufhörst zu singen, streiche ich dir das Abendbrot", drohte ich unverhohlen und zog Spock weiter.

„Ein glatter Versuch von Kunst-Zensur. Darüber werden wir noch sprechen müssen."

Ich beschloss, nichts mehr zu erwidern. Dieser Hund hatte immer das letzte Wort. Wir gingen weiter, es waren nur noch einige Minuten bis zum Haus.

In der Wohnung herrschte vorerst eisiges Schweigen.

Er merkte wohl, dass ich etwas sauer war.

Der Abend schien gelaufen zu sein, aber dann gab es einen Klassiker von Monty Python in der Glotze und wir lachten uns schlapp.

Dann war der Film fertig.

„Siehst du: Das ist Kunst. Zwar anarchistisch und radikal, aber es ist trotzdem Kunst", bemerkte ich.

Hätte ich es nur gelassen.

Selbst schuld.

„Aha. Also wenn ich singe, ist das keine Kunst, oder wie? Da wird sofort mit Konsequenzen gedroht. Das meinte ich vorhin mit Zensur."

„Du hast einen Gassenhauer der Neuen Deutschen Welle gegrölt, in beleidigender Absicht und das noch nicht mal gut."

„Also bitte, Dorian: Gewaltloser Protest, wie zum Beispiel Singen, ist ja wohl die edelste Form der Gegenwehr. Und überhaupt, da sind wir mal wieder bei den selbsternannten Richtern über 'Gut' und 'Schlecht' gelandet: Wer hat denn zu bestimmen, dass dieses Liedgut keine Kunst ist?

Gibt es eine Skala dafür? Wer entscheidet darüber? Diese Experten für die Bewertung von Kunst: Sind die sich überhaupt im Klaren darüber, welches Elend sie unserer Welt beschert haben durch ihre subjektive Kategorisierung?"

Puh. Mir klingelten die Ohren. Spock machte mich echt fertig.

„Ich kann dir nicht folgen. Ich weiß gar nicht, was du damit meinst."

Der Hund sprang zu mir auf das Sofa und zog eines seiner bedeutenden Gesichter.

„Adolf Hitler."

„Was? Wer? Was soll das denn jetzt? Was hat denn der Typ mit diesem Thema zu tun? Kommst du mir wieder mit deinen Nazis?"

„Ich fürchte leider, es muss sein. Ein trauriges Beispiel von misslungener Kunstbewertung, wenn auch extrem. Hätten damals diese Idioten an der Münchner Kunstakademie Hitler als Student zugelassen, wäre der Welt einiges erspart geblieben."

So einen Mist musste ich mir nicht länger anhören.

Ich stand auf, um ins Bad zu gehen.

Dann drehte ich mich noch einmal um.

„Totaler Nonsens. Schwachsinn. Meinst du, der blöde Hitler hätte dann Panzer und Leichen auf Ölleinwand gepinselt anstatt Massenmord zu befehligen? Dieser Kasper konnte einfach nicht zeichnen! Die einzige Kunst, die er beherrschte war, Schäferhunde mit Haarfarben zu verwechseln."

„Okay okay, wenn dir das zu hart ist, dann...nehmen wir doch einfach mal Andy Warhol, der hat damals..."

„SPOCK! Lass es gut sein! Mir bluten die Lauscher, ich kann nicht mehr. Schlaf gut!" Ich schlurfte davon.

In dieser Nacht schlief ich wie ein Murmeltier.

HUNDSTAGE

Vor dem Weihnachtsfest hatte ich in diesem Jahr richtig Bammel gehabt, der Lockdown machte es nicht besser.

Klar, ich hatte Angst vor der Einsamkeit.

Und so, wie diese Pandemie wütete, gab es auch keine Hoffnung auf ein geselliges Beisammensein abseits der Familie, denn alles wurde dichtgemacht.

Ich muss aber ehrlicherweise zugeben, dass mir die Ausnahmesituation auch eine Perspektive eröffnete, von der ich nie zu träumen gewagt hatte:

Keine Angelika, keine enttäuschten Gesichter über unpassende Geschenke, keine Weihnachtsmusik, kein nächtlicher Kirchgang, keine Rücksichtnahme auf ein veganes Festtagsmenü und keine Heucheleien.

Das ganze Flair drum herum war sowieso dahin: Abgesagte Weihnachtsmärkte, viele pleite gegangene Einzelhändler mit verschlossenen Ladentüren, trostlose Kindergesichter in den Straßen und das Fehlen der Melange aus den Gerüchen von grünen Nadelhölzern, Zimtsternen, Mandeln, heißem Glühwein und frisch Erbrochenem machten uns allen unmissverständlich klar:

Weihnachten 2020 war für die Füße. Ich hatte trotzdem einen Weihnachtsbaum besorgt, einen kleinen.

Zum Trotz.

Ich stellte ihn in der Küche auf, wegen der Sauerei mit den Nadeln war dort das Aufkehren einfacher.

„Geldverschwendung! Und wieso taugt ein abgesägter Baum als Zeichen für das Christentum? Das dürfte Greta Thunberg gar nicht gefallen."

Es war Heiligabend.

Ich machte Spaghetti mit Thunfischsoße und der Hund hatte zum Fest einen großen, dicken Knochen erhalten, auf dem er lustvoll herumkaute.

„Was soll man denn sonst aufstellen, eine Werkbank?" Spock unterbrach sein gieriges Schmatzen.

„Nicht schlecht. Das käme immerhin wenigstens in die Nähe der Berufswahl eures Propheten."

„Also, wenn du Jesus damit meinst…der war ja wohl ein bisschen mehr als nur ein Zimmermann und nicht nur ein Prophet. Zumindest ist das der Glaube der Christenheit."

Mir passte es an diesem Tag sogar ganz gut, mit dem Hund zu debattieren, das lenkte mich ab von den Gedanken an das letzte Weihnachtsfest.

An Weihnachten mit Sonja… Sonja…

„Dein sogenannter Glaube ist ein Blick durch die rosarote Brille. Dir ist doch hoffentlich klar, dass sich das Neue Testament auf einer gigantischen Manipulation aufbaut, oder?"

Ich seufzte und vertilgte die letzten Spaghetti.

„Ach, Spock, komm schon. Du darfst das Neue Testament nicht wörtlich nehmen. Das sind alles nur Bilder, Metaphern und…"

„… und dreiste Verdrehungen. Ich habe nicht gesagt, dass ich an den geschichtlichen Abläufen oder an der Existenz von Jesus zweifele. Ich bestreite aber seine Rolle, seine Position. Ich gebe dir ein Stichwort: Maria Magdalena."

Das versprach, ein lustiger Abend zu werden.

Halleluja!

„Das ist so was von billig, Spock. Du denkst wohl, dass ich gar nichts mitbekomme, wie?"

Ich hatte da so einen leisen Verdacht, wo er das jetzt hergeholt hatte.

„Falls du mit der 'Tom Hanks Da Vinci Code Story' um die Ecke kommen willst, das ist eine müde, abgedroschene Fiktion, in der Jesus angeblich mit Maria liiert war, in der sie Kinder hatten und er sie nach seinem Tod mit der Führung der Kirche betraut hat. Höre und staune über mein profundes Wissen aus der Glotze."

„Ach, das wurde so verfilmt? Ist ja interessant, aber leider auch falsch. Dem Regisseur sollte man die Goldene Himbeere verleihen."

„Aha. Die Goldene Himbeere. Du kennst mal wieder die Wahrheit? Mein kluger, allwissender Hund! Gibt es irgendwelche geheimen Berichte aus einem deiner zahlreichen Vorleben?"

Es knackte laut und deutlich, als Spock den Knochen in zwei Hälften zerteilte.

„Augenzeugenberichte, und zwar überlieferte, versteht sich. Auch die römische Besatzungsmacht in Jerusalem hatte Hunde. Und ein Hund lügt nicht, Dorian."

„Oh ja, das hatte ich ganz vergessen. Wie dumm von mir, aber ich bin ja auch nur ein schlichtes Exemplar der niederen Gattung Mensch. Bitte, kläre mich auf über die Irrwege der Christenheit."

Langsam kam es mir vor, als ob wir bei der ‚Versteckten Kamera' von einer schrägen englischen Fernsehshow mitwirkten. Egal, ich hatte meinen Spaß.

„Das Ganze war ein abgekartetes Spiel machtgeiler Männer, was sonst. Jesus, der leicht depressive und friedensliebende Prophet, erntete mit seinen kruden Hippie Ideen von Nächstenliebe und Friedfertigkeit nur Hohn und Spott, bis er auf Maria traf. Sie war der eigentliche Motor und Taktgeberin der Thesen und der christlichen Idee, sie war die Chefin und hatte die Hosen an.

Jesus selbst spielte nur eine passive Rolle. Dass eine Frau die Gruppe anführte, stank Petrus und seiner patriarchalen Clique natürlich gewaltig und nach Jesus' Kreuzigung drehten sie die Sache so, dass aus der einst geistigen Führerin eine mittelmäßig geläuterte Dirne wurde und aus dem Märtyrer der Messias. Flugs schrieb jeder Jünger noch schnell sein Evangelium um und damit war und ist die Rolle der Frau auf Jahrhunderte festgelegt."

„Klingt überzeugend, das muss ich zugeben. Dann müsste heute eigentlich eine Frau am Kreuz hängen, oder?"

Spock grinste, stand auf und trabte ins Wohnzimmer. Er schaltete den Fernseher an. Ich begab mich zum Kühlschrank, um mir mein verdientes Feierabendbier zu gönnen.

Aber ich hörte jedes Wort.

„*Du begibst dich in SM ähnliche, verwerfliche Fantasien, Dorian. Ich bin dafür, wir lenken uns etwas ab und schauen uns die Weihnachtsansprache von Frau Merkel an. Die hat gerade auch ein Kreuz zu tragen.*"

Er nestelte unter seinem Sitzkissen herum, zog irgendetwas hervor, trug es in seiner Schnauze zurück in die Küche und legte es mir vor die Füße.

„*Hier, für dich. Fröhliche Weihnachten.*"

Ich war total von den Socken. Ein Geschenk? Für mich?

„*Habe ich im Park gefunden. Hammer. Oder?*"

Es war eine Plastikfigur, nicht größer als mein kleiner Finger.

„Äh...danke. Was...was ist das?"

„*Na hör mal, das ist eine Figur von Raumschiff Enterprise. Siehst du nicht das Abzeichen und den Kommunikator in der Hand? Das bist du, Captain Kirk.*"

Ich begutachtete das kleine Männchen von oben bis unten.

„Danke, Spock. Das ist wirklich nett von dir. Aber...das ist nicht Kirk, ich muss dich enttäuschen. Das ist eindeutig Captain Picard, siehst du nicht die Glatze?"
Spock drehte sich um und trabte zurück zur Glotze.

„Also manchen Leuten kann man es nie recht machen.
Beil' dich, du verpasst die Rede von Maria Magdalena."

So verging Weihnachten ganz erträglich, aber zwischen den Jahren hing ich wieder etwas durch. Diese Corona Pandemie machte mich fertig, als Single empfand ich das besonders schwer. Aber warum sollte es mir anders gehen als dem Rest der Welt? Wie ein unerreichbares Sahnebonbon hielten sie uns die Nachricht über baldige Impfstoffe vor die Nase und stimmten uns mit Durchhalteparolen ein.

In Frankfurt hatten sie das erste Impfzentrum an der Messe eingerichtet, aber die Leute blieben skeptisch. Impfen lassen oder nicht?

Als ob es nicht schon schlimm genug wäre, wurde über die Prioritäten bei der Verteilung der Spritzen diskutiert, na das schaffte vielleicht Vertrauen.

Die Selbstmordrate stieg, die Stimmung sank, die Querdenker marschierten und einige wenige Konzerne verdienten sich an der Krise dumm und selig.

Einsamkeit ist ein grausamer Begleiter, da kommt man auf dumme Ideen.

Ich hatte mir so eine Dating App heruntergeladen, aber entweder war ich zu doof dafür, mir ein interessantes Profil zu erstellen oder einfach nur technisch unbegabt: Niemand meldete sich.

Und dann die mir vorgeschlagenen Personen...also, bei aller Liebe, da waren mir die Gespräche mit dem Hund noch lieber.

Das Fernsehprogramm war inzwischen unerträglich geworden, (das war es wohl schon sehr lange, aber jetzt fiel es mir endlich auf) und ich hatte uns einen Firestick besorgt, um die erweiterten digitalen Angebote im Internet nutzen zu können.

Die Idee war gut, denn das Nachbarschaftszentrum hatte geschlossen und die Parkbesuche waren kurz und trostlos, da niemand es mehr wagte, sich mit anderen Spaziergängern zu unterhalten.

Das ganze Land schien unter einem riesigen Mundschutz geistig zu veröden. Und seit Wochen gab es keine Spur von Corinna.

Ich war der geborene Pechvogel.

„Serie oder Spielfilm?"

Vielleicht verpassten wir uns ja immer? Ich war morgens da, abends...

„Spock an Brücke: S E R I E oder S P I E L F I L M?"

Spock hatte sich auf sein Lieblingskissen im Wohnzimmer verzogen und spielte mit der Fernbedienung herum.

„Ach, mir schnuppe. Ich glaube, ich kann keine Serien mehr ertragen. Mach einfach."

Ich knackte mir eine Dose Bier auf und schwang mich in den Sessel. Eigentlich fand ich den ganz bequem, aber meine Kreuzschmerzen sahen das anders und ich verzog das Gesicht.

„Poäng!", machte der Hund.

„Bitte?"

„Poäng. Der Grund für deine Rückenprobleme, das ist doch glasklar. Warum schickst du das Folterinstrument nicht zurück zu den schwedischen Baummördern?"

Also, das war mal wieder stark. Wo holte der sich seine Ideen her?

„Du denkst also, dass die Möbelkette Schuld hat an meiner krummen Wirbelsäule? Auch wenn die sich beim Bezahlen von Steuern vornehm zurückhalten glaube ich kaum, dass mein Leiden etwas mit diesem Modell zu tun hat. So ein Unsinn. Da könnte ich ja genauso behaupten, dieses Rinty Futter wäre für deine abartigen Blähungen verantwortlich."

„Du triffst leider ins Schwarze, aber der Fraß macht eben süchtig. Ich möchte mal wissen, was für Drogen die da rein kippen. Du siehst, wir sind alle bedauernswerte Opfer der perfiden Werbung einer kapitalistischen Konsumdiktatur."

Spock zog seine Augenbrauen hoch, als ob er grübeln würde.

„Wo bleibt die außerparlamentarische Opposition, wenn man sie mal wirklich braucht?"

Das war wieder so ein gefährlicher Moment.

Bevor er abermals seine Alt-68er Sprüche klopfen konnte, riss ich ihm die Fernbedienung unter der Pfote weg.

„Gib doch mal her. Ich suche was Anständiges...ah, hier: Live Mitschnitt, Konzert von 2018. Mann, ich war schon ewig nicht mehr bei einem Auftritt."

Ich schaltete um und es präsentierte sich eine riesige Bühne.

Darauf fegten zwei Sänger herum, schwer mit Goldketten behangen.

Sie wurden flankiert mit Tanz und Gesang von drei Schönheiten im Background. Ein Schlagzeug suchte man vergebens, trotzdem klang alles sehr groovig und obwohl ich die Truppe nicht kannte, gefiel mir der Beat sehr gut.

An den Turntables stand eine stark geschminkte Frau mit neon-pinken Haaren. Sie bediente abwechselnd die Plattenteller oder spielte die Grooves und Samples ein. Die beiden Frontmänner beschimpften sich gegenseitig und abwechselnd im Sprachrhythmus und ich fing an, in Stimmung zu kommen.

Die Aussprache der Rapper war etwas seltsam. Zuerst hatte ich vermutet, es wäre englisch, tatsächlich artikulierten sie sich aber in deutscher Sprache, die wie eine Mischung aus türkischem und amerikanischem Slang klang.

„Na also, da ist er wieder, dein Niveau Limbo."

„Ich habe mich doch gar nicht beschwert. Was hast du denn jetzt?"

„Jetzt sieh' dir das an: Das ist doch kein Rock 'n Roll mehr...das ist aufgeblasene Musik aus der Tonne, präsentiert von zwei offensichtlich schwererziehbaren Analphabeten, die im Kindergarten als hochbegabt gehypt wurden. Oder man hat sie als ADHS Rotzlöffel medizinisch falsch behandelt, eins von beidem. Schalt' bitte schnell weiter, Captain. Das macht mich krank."

Also das sah ich jetzt mal wieder ganz anders und den Gefallen wollte ich ihm nicht so schnell erfüllen.

„Spocky, das ist aber der Sound der Jugend...der heutigen Jugend, quasi der Zahn der Zeit, verstehst du? Die Kids lieben das, es ist cool. Denk' an deine Argumentation über die Kunst. Ein bisschen mehr Toleranz also, bitte."

„*Toleranz? Erzähl' sowas mal bitte den Opfern des zweiten Weltkrieges.*"

„Wie bitte?"

„*Na, das ist doch eine Tatsache*".

Spock kratzte sich an den Ohren.

„*Hätten Europa und der englische Premierminister Chamberlain den Deutschen rechtzeitig auf die Finger gehauen, wäre es nicht so weit gekommen. Aber nein, lieber Nachgeben und Toleranz zeigen mit dieser Appeasement Politik, bei jedem Staatsgebiet, das sich die Wehrmacht vor 1939 schleichend einverleibt hat.*"

„Laaaaangweilig! Du mit deinen öden Historik-Schinken."

„*Wieso langweilig? Du kannst das Thema genauso gut in der modernen Zeitgeschichte analysieren.*"

„An wen oder was denkt der Herr Professor? Lass mich bitte teilhaben an deinen Hirnwindungen."

Spock kratze sich jetzt am anderen Ende, seinem Hintern.

Ich befürchtete, dass er sich im Park die Grasmilben geholt hatte.

„*Ich sage nur: Erdogan. Ein ganz heißes Eisen und ein Beispiel für die heutige ach-so gepriesene Toleranz...und für Europa ein Armutszeugnis.*"

„Ich habe hier kein allgemeines Loblied auf Toleranz gesungen, das kann man so nicht verallgemeinern."

„*Dann schalte bitte um.*"

„Nein!"

Ich hatte vor, stur zu bleiben.

„*Schalt' um, ich kann den Schwachsinn dieser Musik-Schaffenden nicht anhören, geschweige denn, mir ansehen.*"

„Musik-Schaffenden? Was bitteschön soll das schon wieder heißen?"

Spock ließ so etwas wie einen Seufzer hören. Er hatte endlich mit dem Kratzen aufgehört. Jetzt schien es so, als ob er für eine bedeutende Rede tief Luft holen würde.

„Also, dir muss man wirklich alles erklären. Pass mal auf." Er setzte sich auf seine Hinterpfoten und sah mich an.

„Es ist so: Da gibt es Musiker und Musikerinnen. Das sind Menschen, die sich die Fähigkeit erworben haben, ein richtiges Instrument zu spielen, oft unter dem Einsatz von Übung, Fleiß und Beharrlichkeit. Manche von Ihnen sind Virtuosen, manche schreiben Musik, komponieren Lieder, Opern, Hymnen, texten, arrangieren und begeistern ihr Publikum mit ihrer Performance und Authentizität."

„Ach nee. Und weiter?"

„Na, dann gibt es eben noch die Musik-Schaffenden. Das sind unter anderem solche Kasper, die du hier gerade auf der Mattscheibe bewunderst: Leute, die teilweise gar kein Instrument beherrschen, anderen Musikern ihre Ideen klauen und digital sampeln, um ihre Beute dann per Knopfdruck abzuspielen und den Kindern ihre aggressiven, sexistischen und antisemitischen Texte um die Ohren hauen. Ein schönes Beispiel für eine Kultur, die der sowieso verrohten Gesellschaft noch eine musikalische Legitimation gibt."

„Blödsinn. Instrumente beherrschen, ha! Die Punk Rocker aus den alten Tagen konnten auch nicht spielen. Das war doch gerade das Geile an der Sache: Jeder und jede konnte auf eine Bühne gehen und herumlärmen. 'Search and Destroy', verstehst du? Die ganze Wut auf die Gesellschaft musste raus. Oder glaubst du, Sid Vicious von den Sex Pistols konnte mehr als zwei Töne auf dem Bass spielen?"

„Da hast du ausnahmsweise einmal Recht, mein menschlicher Wohnungsgenosse. Dieser Punk Rock war ein Witz und wurde im Supermarkt schneller ausverkauft als das

Klopapier zu Pandemie-Zeiten. Ich gebe aber zu, es war immerhin handgemachte Musik, wenn auch dilettantisch und grauenvoll trivial... Jimi Hendrix hätte sich im Grabe umgedreht."

Ich stöhnte auf. Mein Hund, der Woodstock Veteran! Das war der richtige Zeitpunkt, um ihn mit seiner eigenen Intoleranz zu konfrontieren.

„Du kannst es einfach nicht lassen. Du bist nichts weiter als ein verkappter, anachronistischer, spießiger Hippie-Furz aus der APO Generation. Ich bin zwar nicht mit dem 77er Punk aufgewachsen, aber ich weiß, der hat euch Studenten Fuzzies ganz schön in den Hintern getreten. Die Sex Pistols..."

„Ein billiger Aufguss von MC 5 in den Sechzigern..."

„...oder The Jam..."

„...eine ganz traurige Kopie von The Who..."

„...oder Siouxsie and the Banshees..."

„Janis Joplin hätte das Mädchen locker in den Boden gesungen."

„Ahhh! Na dann eben...Kurt Cobain", stammelte ich hilflos.

„Der gilt nicht", gab Spock trocken zurück.

„Moment mal, wieso denn nicht? Warum zählt Nirvana nicht?"

„Nirvana war Grunge und kein Punk und außerdem Ende der Achtziger. Zudem war Cobain nicht nur ein begnadeter Musiker, sondern leider auch ein tragisches Opfer seiner Depression. Und er steht stellvertretend für eine postmortale Ausschlachtung durch die kapitalistische Musikindustrie: Kapuzenpullover von Kurt, Porzellantassen mit seinem Konterfei, Jesus-like Cobain Poster fürs WC."

„Ach ja?", warf ich provokant ein.

„Und was ist mit deinen langhaarigen Helden, John Lennon, Jim Morrison oder Che Guevara?"

„Die sind natürlich ebenfalls unschuldige Opfer dieser Ausverkaufsmafia, die kannst du bedenkenlos in einem Atemzug nennen. Kleider waschen von toten Idolen nennt man sowas, aus den letzten Resten von Körperschweiß noch Geld scheffeln."

Spock deutete leicht verächtlich auf die Mattscheibe.

„Dazu wird es bei diesen Witzfiguren nicht reichen, oder kannst du dir Bushido als Bettwäsche und Xavier Naidoo als Aufdruck auf kleinen Deutschland–Wimpeln für das Fahrrad vorstellen?"

Ich überlegte nicht lange.

„Leider ja."

„Okay, gewonnen", grunzte Spock.

„Aber bitte, bitte jetzt…umschalten!"

Solche Tage mit den teilweisen absurden Dialogen nannte ich scherzhaft Hundstage.

Natürlich war mir klargeworden, dass anscheinend nur ich den Hund hören konnte.

Das löste einen nützlichen Prozess der Verdrängung in mir aus und ich hörte endlich damit auf, mich mit der Frage zu beschäftigen, ob ich oder der Rest der Menschheit komplett verrückt geworden war.

Ich wusste es nicht und es war mir auch egal. Mir ging es besser.

Deutlich besser.

HANDARBEIT

Und dann war da noch Silvester.

Das ist ja normalerweise auch eine prima Gelegenheit zur Ablenkung von gescheiterten Liebesbeziehungen. Nicht so in diesem Jahr der grausamen, erzwungenen Enthaltsamkeit und des ängstlichen Abstands.

Ich dachte an 2019.

Vor genau einem Jahr waren Sonja und ich in der Silvesternacht mit zwei Flaschen Sekt und diversen Kanonenschlägen auf den Frankfurter Hausberg gestiegen.

Vom Lohrberg aus hat man einen Blick über das Elend, die allmächtigen Bankentürme, die Fabriken im Osten und den städtischen Kessel aus Abgasen und Amüsement.

Trauben von angetrunkenen Feiernden hatten das neue Jahr 2020 erwartet und niemand hatte auch nur die leiseste Ahnung gehabt, was auf uns zukam.

Der Ausblick in dieser Nacht war bezeichnend schlecht gewesen. Es wurde so viel in die Luft geballert, dass stinkender Rauch eine Fernsicht unmöglich machte. Trotz der miesen CO_2 - Bilanzen war die Stimmung hervorragend.

Und nun, ein Jahr später?

Alles hatte sich verändert.

Ich saß ohne Sonja, ohne Böller, ohne Sekt zuhause und starrte auf die Küchenuhr.

Noch zwanzig Minuten bis zum erlösenden, neuen Jahr. Ich fragte mich, ob der Butler bei 'Dinner for One' in der heutigen Sendung einen Mundschutz tragen würde...digital montiert, versteht sich.

„Es ist gleich Mitternacht. Normalerweise beginnt da draußen gleich der Terror. Silvester, die einzige legale Möglichkeit im Jahr, wo Menschen lachend und ungestraft Krieg spielen dürfen. Selbst das haben sie euch fast genommen."

Spock war auf den Stuhl vor dem Wohnzimmerfenster gesprungen und inspizierte die Straße.

„Hey, Captain Kirk!"

„Was ist los?"

„Dort unten kommen schon wieder so zwei Knallerbsen getorkelt. Die sehen so aus, als ob sie etwas schwach auf den Beinen wären. Hast du etwas zum Werfen da, Dorian?"

Ich ging ans Fenster uns schaute hinaus.

Auf der Straße liefen Herr Ulrich und seine Frau umher und zündeten Knallfrösche vom letzten Jahr an.

„Du bist wohl nicht ganz bei Trost, Spock! Man darf keine Feuerwerkskörper auf Menschen werfen...und im Übrigen auch nicht auf Tiere."

Spock hüpfte von seinem Stuhl und flitzte an mir vorbei.

„Ich habe doch gar nicht von Böllern geredet. Ich dachte, wir könnten etwas Brot werfen. Wir haben noch einen alten Laib von letzter Woche auf der Anrichte."

„Brot? Wieso denn Brot? Bist du meschugge?"

Es klapperte verdächtig in der Küche.

Dann lief der Hund wieder zurück ins Wohnzimmer, mit einem ganzen Brot in der Schnauze.

„He! Jetzt warte doch mal. Wehe, du wirfst das nach unten! Wie kommst du denn auf diesen Unsinn?"

Spock legte den Brotlaib vor den Stuhl.

„Na, der Aufkleber."

Ich verstand rein gar nichts.

„Was um aller Welt denn für ein Aufkleber?"

„Brot statt Böller. Klebt fest und deutlich auf dem Eimer,
der vor der Metzgerei steht. Gleich unter dem Antifa Logo."
„Haha! Das ist der Witz der Woche. Das ist doch ein
Slogan aus meiner Kindheit, der Aufkleber ist uralt."
„Na und? Ist alt gleich schlecht?"
Ich überlegte.
Wie konnte ich ihm das erklären ohne dass es gleich in
eine Grundsatzdiskussion abdriftete?
„Spock, das war die Aktion 'Brot für die Welt'. Es sollte
die Leute daran erinnern, dass Millionen von Menschen
auf der Erde hungern, während wir sinnlos Geld mit
dem Kauf von Raketen und Knallern zum Fenster
hinauswerfen."
Spock wedelte lustig mit dem Schwanz. Hatte er es
kapiert?
Leider...nein.
„Sag' ich doch. Hast du denn damals etwas von deinem Brot
rausgeworfen? Da wären einige arme Teufel eher satt
geworden als vom Schwarzpulver, oder?"
„Das ist nur eine Metapher. Man sollte das Geld nicht
für Feuerwerkskörper ausgeben, sondern an eine
wohltätige Organisation spenden."
„Und die haben es dann zum Fenster hinausgeworfen....
...das Geld oder das Brot...?"
Ich gab auf, es war zwecklos.
„Wahrscheinlich beides."
Durch das ganze Gerede hatten wir den Countdown
zum Jahreswechsel verpasst. Trotz eines Verbots von
Feuerwerk auf öffentlichen Plätzen wurde draußen
vereinzelt herumgeballert, Restbestände des Vorjahrs.
Bei uns drinnen herrschte seliger Frieden.

Gegen Ein Uhr nachts machte ich mir eine Dose Bier auf und wurde langsam müde. Mein Smartphone gab ein Geräusch von sich.

Eine Nachricht von Sonja?

'Happy New Year? Ich vermisse dich?'

„Das könnte auch was Anderes sein, Captain. Ich glaube, du solltest mal deine Dating App checken."

Ich zuckte zusammen und war schlagartig hellwach.

„Wie, du meinst ich habe eine Anfrage? Wie kannst du so etwas vermuten?"

Spock legte die Ohren flach an und schaute hinterlistig.

„Du...du hast doch nicht an meinem Handy herumgespielt, oder? Hast du etwa mein Passwort gehackt???"

„Tss tss tss", war die Antwort.

„Ich habe mir erlaubt, dein Profil etwas zu pimpen. Du musst dir mal wieder die Hörner abstoßen, sonst wirst du noch träge und fett. Du hast ein Date."

Das war ja wohl die Höhe! Ich wollte gerade losbrüllen, da begriff ich die Dimension dieser Worte:

'Du hast ein Date'.

Ich hatte ein Date!

Hurra!

Mein Ärger wich der Neugierde und ich schnappte mir mein Handy.

Und nun folgt jener Teil der Geschichte, den ich eigentlich nicht erwähnen wollte:

Vielleicht kennen Sie das auch? Sie geraten plötzlich in eine Situation hinein, die Sie in eine äußerst delikate Lage bringt.

Wie Gift kriecht Ihnen die Panik ins Gehirn und blockiert alle Sinne, ein großes Summen im Kopf.

Zusätzlich ist Ihnen die ganze Sache auch noch dermaßen peinlich, dass Sie diese Geschichte nie, ich betone, niemals im Leben irgendeinem Mitmenschen erzählen würden.

Sie wären dem Spott gnadenlos und ewig ausgeliefert.

Leider, werte Leserschaft, kann ich Ihnen dieses dunkle Kapitel nicht ersparen.

Mein Date hieß Mara und war eine kluge Frau Mitte dreißig, mit sehr langen, dunkelbraunen Haaren und molliger Figur.

Sie erzählte, sie sei italienischer Abstammung, was ich ihr anhand ihres sehr geschmackvoll eingerichteten Apartments auch glatt abnahm.

Eigentlich war es ein netter Abend, wir verstanden uns gut und Mara hatte leckere Spaghetti Gorgonzola für uns gemacht.

Es gab aber zwei Haken an der Sache.

Nun, vielleicht auch drei Haken, aber dazu später.

Der Haken Nummer eins hieß Kitty, der Haken Nummer zwei Maunzi.

Dazu brauche ich nichts mehr zu erklären außer der bereits erwähnten Tatsache, dass ich Katzen noch viel weniger mag als Hunde...und dann noch in einem Doppelpack mit rotem Fell.

Ich weiß nicht warum, aber Katzen scheinen die Fähigkeit zu besitzen, Abneigungen zu spüren und mir mit Feindseligkeit zu begegnen.

Schon von Beginn an hatten die beiden einen Buckel gemacht und mich bösartig angefaucht.

Die zwei Ungeheuer beobachteten aufmerksam jede meiner Bewegungen.

„Süß, die Katzen."

„Kater", sagte Mara. „Das sind meine kleinen Tiger."
'Revierverteidigung, auch das noch', schoss es mir durch die Birne.

Geschickt rollte ich meine Spaghetti mit Löffel und Gabel, wobei ich Letztere instinktiv fest in meiner Faust hielt, um eine plötzliche Attacke abwehren zu können.

Wie ich es befürchtet hatte, verlief das Essen leider nicht reibungslos.

Wir waren gerade mitten im Gespräch, als Kitty oder Maunzi (meine Güte, wer konnte das unterscheiden?) plötzlich damit anfing, mit dem Kopf und Oberteil zuckende Bewegungen zu vollziehen.

Ich konnte meinen Augen nicht trauen.

Schließlich würgte das Vieh und erbrach irgendetwas mitten auf den Teppich. Es sah aus wie ein haariger Ball.

„Igitt!", schrie ich und ließ das Besteck klirrend fallen. „Was zur Hölle war denn das?"

Mara sah mich an, halb belustigt, halb beleidigt.

„Na hör' mal, das ist doch ganz normal bei Katzen. Hast du noch nie von Katzenhaaren gehört?"

„Ja schon, aber ich dachte, die wachsen auf der Haut."

„Katzen fressen Gras, um mit dessen Hilfe verschluckte Haare wieder hoch zu würgen. Das ist völlig normal. Du hast wohl keine Haustiere, oder?"

„Ich habe einen Hund, aber der kotzt mir nicht auf den Teppich."

Mist!

Das war mir mal wieder über die Lippen gerutscht und ich bemerkte sofort eine deutliche Abkühlung der Stimmung.

Es kostete mich Mühen und Minuten, das Gespräch wieder in eine versöhnliche Bahn zu lenken.

Anscheinend war das Mara auch lieber so, denn dieser Abend lief ja schließlich nur auf das ,Eine' hinaus.

Da brauchten wir uns gar nichts vorzumachen.

Nach der Vernichtung von zweieinhalb Flaschen rotem Burgunder landeten wir auf ihrem Futon.

Herrje!

Ich bin davon überzeugt: Diese japanische Bettfolter ist eine der ungemütlichsten Schlafgelegenheiten der Welt. Aber sei es drum. Beim Akt zur späteren Stunde lag ich oben und somit blieb meinem lädierten Rücken vorerst ein direkter Kontakt mit diesem Horrorbett erspart.

Es lief gar nicht schlecht, aber irgendwie fiel es mir schwer, mich auf das Wesentliche zu konzentrieren.

Ich war unruhig.

Aus dem Augenwinkel heraus beobachtete ich, wie Haken Nummer zwei (vielleicht war es auch die eins), argwöhnisch am Rand des Bettes lauerte und mich musterte. Inzwischen hatte sich Haken Nummer eins, also der andere Tiger eben, mit einem mächtig geschickten Sprung auf den Kleiderschrank hinter uns geschwungen, Höhe zwei Meter, grob geschätzt.

Da an der Kopfseite des Futons ein großer Spiegel befestigt war, konnte ich das Drama live und in Echtzeit mitverfolgen.

Wie ein durchgeknallter Kamikazeflieger stürzte sich das Biest mit gespreizten Krallen vom Schrank hinunter direkt auf meinen nackten Rücken und zerkratzte mir die Schultern.

Gleichzeitig tauchte Haken Nummer zwei direkt neben mir auf Kopfhöhe auf und fauchte mir bedrohlich ins Gesicht.

Das war eindeutig zu viel für mich!

Wie von einem Affen gebissen hüpfte ich aus der Kiste und sprang im Zimmer herum.

„Ah! Aua! Verdammte Axt, das glaube ich jetzt nicht."

Ich rannte ins Badezimmer, um meine blutenden Schrammen im Spiegel zu begutachten und hörte Mara rufen:

„Also, das ist ja wirklich ulkig. So etwas hat Kitty noch nie gemacht. Du frecher Kater, komm her, du Gauner. Kitty! Maunzi!"

Aber Haken eins und zwei hatten sich längst in die letzte Wohnungsnische verzogen nach dem Motto:

Mission beendet und erfolgreich abgeschlossen.

So gut es ging wischte ich mir das Blut vom Rücken ab und kehrte zurück in das Schlafzimmer.

Es war klar, dass diese Nummer gelaufen war.

Auf der Zielgeraden gescheitert, kurz vor dem Einlauf.

„Weißt du, du solltest das als Kompliment sehen."

Ich verstand nicht, was Mara damit meinte.

„Kompliment?"

„Es ist doch offensichtlich. Die zwei süßen Ganoven sind richtig eifersüchtig auf dich. Die beiden sind so feinfühlig. Sie spüren es, wenn ein ernstzunehmender Konkurrent hier bei mir auftaucht und verhalten sich entsprechend."

Mara lächelte milde.

„Ernstzunehmender Konkurrent. Aha, ich verstehe. Ich bin geschmeichelt. Na, das erklärt ja alles."

Ich war bedient.

Aber anstatt die Reißleine zu ziehen und zu gehen, verbrachte ich Idiot aus Höflichkeit die restliche Nacht leidend und auf dem Bauch liegend auf dem Futon.

Da diese Haltung nicht meiner Schlafgewohnheit entsprach tat ich kein Auge zu und schwor mir, dass dies der erste und letzte Besuch bei der Katzenmutter war.

Aber so einfach konnte ich mich nicht davonstehlen. Falls ich im Netz auf irgendeiner Bewertungsskala ganz weit unten auftauchen sollte, dann bitte nicht als Rüpel.
  Das obligatorische Frühstück zu zweit durfte ich also nicht schwänzen und ich wollte die Sache zu einem für beide Seiten gesichtswahrenden Abschluss bringen.
  Morgenstund' hat Gold im Mund, auch wenn es nur Falschgold war.
Ich weiß nicht mehr, wie wir auf dieses Thema kamen, aber zwischen Kaffee und Croissants philosophierte Mara über die Thesen von Kant.
  Kant! Immanuel Kant.
Ausgerechnet einer jener Denker, um den solche denkfaulen Zeitgenossen wie ich immer einen riesigen, literarischen Bogen machten.
Bereits bei Goethes 'Iphigenie auf Tauris' hatte ich damals im Deutsch Leistungskurs mein Hirn auf Durchzug gestellt. Nun wollte ich mir hier bei Mara nicht eine weitere Blöße geben und ich tat so, als ob ich irgendeine Ahnung hätte und diskutierte ins Blaue hinein.
  Bei den dicken Brettern von '*Kritik der Urteilskraft'* und der '*Analytik des Schönen'* stieg ich allerdings aus, mir schwirrte der Kopf.
  Mara plapperte und plapperte. Um wenigstens etwas zu sagen, zitierte ich einen Leserbrief aus dem 'Spiegel', der mir hängen geblieben war:
  „Kant war ja auch ein Rassist und Frauenfeind."

Oh-oh.

Stille. Du unheilvolle Stille.

Ihr Hals schwoll an und dann war er da:

Haken Nummer drei!

Ich hatte es vergeigt, zuerst nachts auf der horizontalen und nun tagsüber auf der metaphysischen Ebene.

Es folgte eine ziemlich harsche, kurze Belehrung über Unwissenheit und Miss-Interpretation, der Käse war damit endgültig gegessen und ich hatte den rechtzeitigen Absprung verpasst.

Schuldbewusst leerte ich meinen Kaffee und kaute auf dem Rest meines Croissants herum.

Dann ging es los.

Ich habe es bereits angedeutet, nun folgt die Auflösung.

Bereit für das Eingemachte?

Ich weiß nicht, ob mir die ganzen letzten Wochen, diese eine schräge Nacht oder nur der Kaffee zugesetzt hatten, aber die Signale waren eindeutig.

Ich musste auf die Toilette.

Sofort! Dringend!

Jetzt und hier!

Ausgerechnet hier.

Die Magenkrämpfe machten mir klar, dass ich keine hundert Meter weit kommen würde und ich hakte diese Variante ab.

Ich presste meine Pobacken zusammen, leichte Perlen von Angstschweiß bildeten sich in meinem Nacken.

Davon bemerkte Mara nichts.

Glück gehabt.

Sie redete immer noch von der Auslegung und der Bedeutung unseres großen Philosophen.

Ich konnte nicht mehr. Also darauf gepfiffen:

„Sag' mal", flötete ich scheinbar beiläufig, „darf ich mal kurz deine Toilette benutzen?"

Mara goss sich eine frische Tasse ein und meinte:

„Ja, ja, der Kaffee reizt die Blase. Ich muss auch oft rennen. Hinten im Badezimmer, du weißt ja wo."

Ich schlenderte betont lässig und langsam vom Esstisch weg und verriegelte die Badezimmertür.

Ich riss das Fenster auf, die Hose runter und dann ging alles 'ratzfatz'.

Du meine Güte, allerhöchste Eisenbahn!

Mein Darm war erleichtert und ich ebenfalls. Ich zog die Jeans nach oben und drückte die Klospülung nach unten.

Was...zur....Hölle...Was zur Hölle war das???

Ungläubig starrte ich auf die Kloschüssel. Nein, das durfte nicht wahr sein! Die braune, klumpige Brühe floss nicht ab, das Gegenteil war der Fall:

Das Wasser stieg und stieg und kam erst ganz kurz vorm Rand zum Stillstand.

Kleine, wurstige Stückchen tanzten lustig auf der Oberfläche und sahen mich an.

Mich wirft so leicht nichts aus der Kurve, aber das war zu viel. Die pure Angst stieg in mir hoch.

„Oh mein Gott, oh mein Gott", murmelte ich.

„Der Abfluss ist verstopft, wie peinlich...ruhig, ganz ruhig. Denk' nach."

Ich versuchte mich zu sammeln.

Es gab für alles eine Lösung.

Auf gar keinen Fall würde ich jetzt zu Mara gehen und ihr meine Hinterlassenschaft präsentieren, das ging ja mal gar nicht.

Ich überlegte weiter. Was war zu tun?

Ein Pömpel! Hier musste es doch irgendwo einen Pömpel geben, so einen Gummipfropfen mit Holzstiel aus dem Baumarkt!

In so einem Fall hilft meistens Unterdruck, das wusste ich. Ich riss alle Badezimmerschränkchen auf und begann hektisch mit der Suche.

Ich fand nichts, klapperte aber wohl zu laut.

„Alles in Ordnung bei dir?", hörte ich Mara draußen rufen.

Die Angst steigerte sich zu einer hilflosen Panik.

Zeit… Ich brauchte einfach mehr Zeit!

„Äh, ja klar, alles okay. Sag' mal, hast du vielleicht noch eine Zahnbürste für mich über?", fragte ich laut und mit fester Stimme.

„Linker Schrank, zweite Schublade...müssten noch verpackt sein."

„Danke."

Ich gab mir Mühe, unbeschwert zu klingen und hetzte zur Kloschüssel zurück. Immer noch Status Quo...die Lage, nicht die Band, aber trotzdem:

„Down down, deeper and down. "

Also wo kein Pömpel war, musste eben eine Klobürste die Funktion übernehmen, beschloss ich.

Ich packte die Bürste am Griff und schob sie tief in die Brühe hinein. Dabei vollzog ich eine Art Auf und Ab Bewegung mit meinem Arm, um so einen Unterdruck zu erzeugen.

Es gluckerte…das Resultat war niederschmetternd.

Anstatt abzulaufen spritzte mir das Wasser nur ins Gesicht und blieb ansonsten stehen.

Ich gab es auf und zog die Bürste wieder nach oben.

Dann stellte ich mit Schrecken fest, dass in den Borsten lauter Reste von Klopapier und Fäkalien klebten.

„Ah! Hölle! Ich bin in der Hölle!", dachte ich verzweifelt.
Sollte ich doch...?

  Aber nein!

Ich konnte mir nicht die Blöße geben, Mara von der verstopften Toilette zu berichten und ihr meinen missglückten Stuhlgang zu beichten.

Ich kannte die Frau doch kaum!

Und die versaute Klobürste machte es nicht einfacher.

Das war nicht mehr zu erklären.

Also:

  Es gab kein zurück!

Jetzt galt es, strategisch vorzugehen und einen kühlen Kopf zu behalten. Zuerst die Sache mit der Bürste.

  Ich rannte zum Waschbecken und säuberte das Teil.

Dann entsorgte ich das aufgeweichte Klopapier im Mülleimer und wusch mir die Hände.

Dabei machte ich gurgelnde Geräusche und imitierte eine Zahnreinigung.

Endlich waren die Bürste und das Waschbecken wieder in einem annehmbaren Zustand.

Blieb noch das Problem mit dem WC Abfluss.

  „Alles in Ordnung bei dir da drinnen?", ertönte es.

Ich bildete mir ein, bereits einen gewissen Unterton von Misstrauen in ihrer Stimme zu erkennen.

  „Ja klar, ich bin sofort bei dir."

‚*Letzte Chance, Dorian.*‘

  Handarbeit!

Ich krempelte die Ärmel nach oben und kniete mich vor die Schüssel des Grauens.

Dann kam ich ins Zweifeln und zog den Pullover doch lieber komplett aus.

  Hinein ins Vergnügen.

Weiter...tiefer. Am Ende hing ich bis zur Schulter in der Kacke.

„Down down, deeper and down. "

Ganz unten, tief unten im Sumpf des Lebens, bekam meine suchende Hand irgendetwas zu fassen.

Ich rüttelte herum und imitierte einen Pömpel.

Ich war sozusagen ein lebendes Ersatzteil.

Endlich!

Langsam begann das Blubbern und Gluckern und die ganze Soße zog ab. Puh, es war geschafft! Jetzt tropften mir die Schweißperlen auch von der Stirn.

Schnell rüber zum Waschbecken, Hände und Arm waschen und anschließend mit unschuldiger Miene aus dem Badezimmer geschlendert.

„Alles in Ordnung mit der Bürste?", fragte Mara.

„Wie? Äh, wieso? Welche Bürste?"

Verdammter Mist!

„Na, die Zahnbürste?", war die erklärende Antwort.

‚Jetzt aber schnell die Startlöcher graben. '

„Ich muss dann mal gehen", druckste ich herum.

„Sehen wir uns mal wieder?"

Mit Sicherheit nicht!

„Mit Sicherheit", log ich. „Das war ein netter Abend, Mara."

„Ja, das fand ich auch. Wir können ja mal..."

„Ich ruf' dich an, versprochen."

„Das hoffe ich doch."

Wie sinnierte schon der Philosoph?

„Was darf ich hoffen?"

Zum Teufel mit Kant und Konsorten!

Hier war jedenfalls das Hoffen keine Option, hier waren Hopfen und Malz verloren.

Noch am gleichen Tag löschte ich meinen Account.

ERKENNTNIS

„Hahahahaha!!! Das ist die beste Geschichte ever! Huhuhu! Das ist ja wohl der Oberhammer!!! Wohahaha!!!"

„Jetzt ist aber mal gut, Spock. Es ist o.k., wenn du lachst, aber irgendwann muss doch mal Schluss sein. Im Nachhinein gesehen finde ich es genauso lustig wie du. Aber ich wünsche mir doch etwas mehr Respekt und Mitgefühl, ja?"

Ich fing an es zu bereuen, meine Geschichte zum Besten gegeben zu haben. Aber wem sollte ich mich denn sonst mitteilen?

Spock saß immer noch kichernd in der Küche vor der Sitzbank.

„Hohoho, der Griff ins Klo. Da hat wohl jemand sprichwörtlich in die Schei..."

„SPOCK!"

„...gegriffen..."

„Jetzt krieg' dich mal wieder ein. Das nächste Mal sage ich nichts, wenn du mich über mein Date ausfragst."

„Huhu. Nicht beleidigt sein, Captain. Im Übrigen: Im Reich der Zwecke hat alles entweder einen Preis oder eine Würde."

„Sagt wer?"

„Na, Immanuel Kant, eben der."

„Fängst du auch noch an mit diesem Typen? Was hat der denn jetzt damit zu tun?"

„Wem der Schuh passt, Dorian. Das ist doch offensichtlich: Der Zweck deines Dates war ja wohl eindeutig, den Preis hast du bezahlt, dafür aber deine Würde behalten...zumindest die Würde gegenüber dieser Dame, die ja nichts davon mitbekommen hat."

Ich schaute auf den Kalender an der Wand. Es war der 06.01.2021. In den Pflegeheimen hatten sie mit dem Impfen begonnen. Aber gegen Spocks Thesen gab es leider kein Medikament.

„Deine pseudo- philosophischen Sprüche können mir mal den Buckel runterrutschen. Die sind doch allesamt völlig aus dem Zusammenhang gerissen."

„Das kannst du halten, wie du willst. Auf alle Fälle taugt deine Story eher als schlüpfrige Vorlage für eine frivole Kurzgeschichte von Charles Bukowski als zu einer literarischen Parabel."

„Ich habe bestimmt nicht vor, meine peinlichen Anekdoten zu veröffentlichen, deshalb ist mir deine Eingruppierung auch total schnuppe. Diese Story vertraue ich nur dir an."

Spock hüpfte auf die Küchenbank und schnappte sich ungefragt die Reste meiner Salami.

„Mit dem Vertrauen wäre ich vorsichtig. Das ist nämlich so eine Sache, mein Guter."

„Worauf willst du hinaus, hm?"

„Also, ich bin da eher misstrauisch. Grenzenlos vertraue ich noch nicht einmal dir."

„Wie, was soll das heißen. Du vertraust mir nicht?"

„Ich weiß nicht: Vielleicht veröffentlichst du ja mal irgendwann meine gesammelten Sprüche, wenn ich nicht mehr lebe? Und das ohne meine Zustimmung! Dann schreibst du so ein dämliches Buch und nennst es 'Der quasselnde Köter' oder 'Der philosophierende Hund'? Ohne meine Erlaubnis. Das wäre beschämend! Und was ist mit meinen Tantiemen? Und was ist mit meinem geistigen Eigentum?"

„Also, bei aller Liebe, du literarisches Genie. Ich kann dich beruhigen. Kein Mensch außer mir interessiert sich für dein Gelaber, damit lässt sich kein Geld verdienen.

Folglich brauchst du dir darüber keine Sorgen zu machen. So etwas passiert selten."

"*Franz Kafka!*"

Spock haute mal wieder irgendetwas raus und mir blieb der Mund offenstehen.

Dann klappte er wieder zu.

"Bitte?"

"*Franz Kafka.*"

Spocks Augen blitzten triumphierend.

"Du bist völlig größenwahnsinnig, weißt du das eigentlich? Du wirfst hier mit Namen um dich, Kant, Kafka, und stellst abstruse Ideen in den Raum. Kennst du überhaupt Kafka?"

"*Klar. 'Der Prozess'. Den Schinken habe ich dreimal gelesen. Zweimal von vorne und einmal rückwärts, von hinten, quasi.*"

"Haha. Das kannst du Rainer Langhans erzählen oder einem deiner anderen Hippie Freunde. Und was soll Kafka jetzt mit Vertrauen zu tun haben?"

"*Man merkt, dass du dich durch das Abitur geschummelt hast. Max Brod, klingelt da etwas, Mister 3,7?*"

"Nö, nicht unbedingt."

"*Franz Kafka hatte gar nicht die Absicht, seine Werke zu veröffentlichen. In einem Brief hatte er seinen Freund Max Brod darum gebeten, nach seinem Tod die Manuskripte zu entsorgen, also zu vernichten. Und was tat dieser feine Herr? Er machte sie publik. So etwas passiert, wenn man sich vertrauensvoll auf andere verlässt.*"

"Ja, aber ohne diesen Max Brod oder wie der heißt, wären der Nachwelt bedeutende, literarische Schätze entgangen. Der Mann war also ein Held."

„Dieser Mann war ein Schuft und die Nachwelt ist nur eine Blähung im Universum, ein Wurmfortsatz im Wurmloch."

„Danke für deine Ausführungen, Spock. Jetzt fühle ich mich erleuchtet. Ich wette, mit deiner Hilfe wäre ich damals noch Klassenbester geworden."

Spock sprang von der Bank und wackelte mit seinen Ohren.

„Apropos 'Wette'...Ich habe heute Morgen für dich einen neuen Lottoschein ausgefüllt. Wollen wir auf dem Weg zum Park noch am Kiosk halten? Es sind 9 Millionen im Jackpot."

„Was soll ich mit 9 Millionen?"

„Ich dachte da eher an mich als an dich. Stell' dir mal vor, wie viele Pansen ich mir davon kaufen könnte?"

„Wenn es denn sein muss...hol' die Leine, ich ziehe meine Stiefel an und dann 'ab die Post'."

Auch wenn Sie es mir nicht glauben werden:

Ich bin nicht nachtragend.

Ich bin allenfalls relativ schnell eingeschnappt.

Aber ich kann niemandem lange böse sein.

Die 'One Night Stand' Story war einfach ein Brüller und es war in Ordnung, dass Spock sich auf meine Kosten amüsiert hatte. Mich beschäftigten ganz andere Dinge.

Wo war Corinna?

Sie blieb verschwunden, es war rätselhaft. Auch auf gezielte Nachfrage hin bei diversen Spaziergängen: Niemand wollte diese Frau mit ihrer Collie Hündin je gesehen haben.

Ich fing an zu befürchten, dass auch sie vielleicht, wie die Stimmen in meinem Kopf, Einbildung war. Doch mein vierbeiniger Freund und Helfer, mein haariger Therapeut auf Pfoten versicherte mir, dass das nicht stimmte.

Anfang Februar war meine Stimmung gesunken, ich hing durch und frustete vor mich hin. Der Lockdown wurde nochmals verschärft. Angeblich war das Virus mutiert. Zudem machte unsere Regierung keinen souveränen Eindruck: Zu langsam beim Impfen, zu wenig Serum am Start und immer noch kochte jeder Landesfürst sein eigenes Süppchen. Das hilflose Gefühl der Einsamkeit fraß sich erneut in meine Seele.

„Captain, du musst mal wieder 'Gassi' gehen, raus unter die Leute. Auf was wartest du?"

„Witzbold. Wohin denn?", erwiderte ich.

„Keine Kneipe hat geöffnet, macht doch alles keinen Sinn."

„In der Sinnlosigkeit liegt das pralle Leben, denn wer ganz unten ist, kann nur noch nach oben klettern."

„Ich will aber nicht klettern. Ich will abhängen."

Spock lugte verschlagen hinter seinem Fressnapf hervor.

„Nun gut, du trauriger Lappen, wie du willst. Heute Abend gibt es 'Das literarische Quartett' im ZDF, Pflichtsendung, o.k.?"

„Um Himmels willen! Alles, nur das nicht!"

Mir fiel die gestrige SMS von ‚Plaudertasche Larissa' ein: Angeblich war das ‚Geräusch' pleite und feierte als krönendes Finale im Keller ein illegales Trinkgelage. Den Leuten dort war jetzt wohl alles egal.

Ich zog mir die Jacke an und füllte das Trinkwasser nach, bevor ich ging.

„Du kommst alleine klar?"

Spock wedelte mit dem Schwanz:

„Ich weiß, wo deine Fernbedienung wohnt und ich werde sie benutzen."

Ich verließ den Block und ging ins 'Geräusch'. Dieses Terrain war mir noch bestens bekannt und ich lief direkt um das Haus herum bis zu der kleinen Kellertreppe, wo sich der Hintereingang befand.

Es war erstaunlich. In diffusem Rotlicht hatten sie dort unten so eine Art Bar gezimmert. Beim Eintreten wehte mir trotz meines Mundschutzes ein Geruch aus Alkohol, Käsesocken, abgestandenem Rauch und Urinstein-Entferner entgegen. Natürlich war ich mal wieder viel zu früh. Der Laden war fast leer, richtig trostlos sah das aus. Ich wollte schon auf dem Absatz kehrtmachen, aber Pia, die Wirtin und Inhaberin der Kneipe hatte mir schon resolut ein Zeichen gegeben und einen Sitzplatz auf einem der Hocker am Tresen zugewiesen.

Ich hatte Pia ewig nicht mehr gesehen und ihre helle Haut schien noch blasser geworden zu sein, die Ringe unter den Augen hatten sich sprunghaft vermehrt, das blondgefärbte Haar deckte das Grau nicht mehr komplett ab. Die nicht tätowierten Stellen an den Armen wirkten wie armselige Inseln in einem Meer von Farben und Totenköpfen.

„Lange her, Dorian. Zieh' die Maske ab, die brauchst du hier nicht. Ich habe gehört, du bist wieder Single."

Pia schob mir ein Bier zu und machte einen Strich auf meinen Deckel.

„Mensch, Frankfurt, das Dorf. Das Einzige, was hier noch funktioniert, ist die ‚Stille Post'."

Ich nahm einen tiefen Schluck. Diese bescheuerte Werbung hat leider Recht: Der erste Schluck ist immer der Beste. Danach folgt meistens der Absturz.

„Das stimmt wohl leider, Schatzi. Ansonsten geht hier aber gar nichts mehr."

„Na, immerhin hast du doch wieder geöffnet, oder?"

„Machst du Witze? Der Lockdown hat uns das Genick gebrochen. Ich mache hier im Keller illegal weiter bis die Corona Cops auftauchen."

Pias Gesicht wirkte jetzt noch älter und faltiger.

„Schau dich doch um, über die Hälfte der Kneipen und Clubs hat Insolvenz angemeldet. Das ‚Geräusch' ist Geschichte…Feierabend!"

„Und was ist mit deiner anderen Sache, deiner Musik?" Ich erinnerte mich, dass Pia auch Sängerin in einer recht gut gebuchten Coverband war. Sonja und ich hatten früher einige Konzerte besucht und es war nicht schlecht gewesen.

„Tja, da bin ich doppelt angeschmiert. Wir hatten 2020 nur drei Gigs und auch nur unter strengen Auflagen. Kannst du dir vorstellen, Spaß zu haben, wenn das Publikum unten wie festgenagelt auf Bierbänken sitzen muss, mit Maske, mit Sing-und Tanzverbot? Das kann nicht funktionieren."

„Oh, das ist echt bitter. Da habe ich ja wohl Glück mit meinem Sozialarbeiter - Gedöns."

„Ich sage dir mal etwas: Deine sichere Festanstellung ist nichts wert, wenn du nur noch zu Hause verödest. Das ist das traurige Sterben der großen drei K's:

Kunst, Kultur, Kneipe.

Der Rock 'n Roll ist tot, die Party ist vorbei."

„Puh, wenn du das so sagst, bekomme ich gleich wieder Depressionen. Schenkst du mir noch mal ein, ja?"

Der zweite Schluck war auch gleichzeitig der letzte gewesen.

„Sieht so aus, als ob du es heute nötig hast, was? Trink' langsamer, der Abend ist noch jung.

Schließlich ist morgen Montag und da du ja offensichtlich systemrelevant bist, braucht die Regierung dich in bester Verfassung."

Pia grinste und entblößte ihre gelben Zähne.

„Haha. Der war gut, Pia. Das ist sowieso der beste Witz, vielleicht sogar das Unwort des Jahres. Systemrelevant! Früher habe ich Steine geworfen und mich mit den Cops auf den Demos herumgeprügelt und jetzt: Vom Anarchisten zum systemstützenden Faktor für unseren geliebten Staat. Hähä!"

„Was für eine Karriere. Hi, Dorian."

Mein Blick schwenkte zur linken Seite des Tresens.

Hoppla, ich war nicht mehr der einzige Besucher.

Und diese Stimme kannte ich ebenfalls aus alten Tagen.

„Oh, hi! Hallo Lola! Das ist ja eine Überraschung. Wie geht es dir, was machst du so?"

Ich war kommunikationstechnisch so auf den Hund fixiert gewesen, dass ich völlig ausgehungert die Frage stellte, die man besser nicht stellen sollte, wenn man nicht die Ohren vollgelabert bekommen möchte.

Aber ich hatte total Lust, mich mal wieder mit einer alten Bekannten zu unterhalten und stieg voll mit ein.

Lola redete und redete und nach meinem dritten Bier war sie schon angelangt bei ihrem Ex-Mann, den Krampfadern und den Geldschwierigkeiten.

Es war faszinierend ihr zuzuhören.

Lola war mal eine richtige Schönheit gewesen, sozusagen eine Hammerbraut und auch heute machte sie mit vierzig eine super Figur.

Ihr blondgefärbtes, langes Haar mit den grauen Streifen schimmerte verführerisch im diffusen Licht der Kneipe.

Die Fältchen glätteten sich bei jedem Lacher etwas mehr und der Sicherheitsabstand von eins-fünfzig schmolz unter den aufmerksamen Augen Pias allmählich dahin.

Dann kam ich ebenfalls in einen Redefluss:

Bier Nummer vier erzählte von Sonja und der Zeit nach der Trennung, Bier Nummer fünf schenkte seine volle Aufmerksamkeit Robert, diesem Schuft, dem schändlichen Fremdgeher und Halunken in Lolas altem Leben.

Es ist leider eine Tatsache: Man weiß es genau und versucht es zu vermeiden, doch am Ende kommen wir nicht daran vorbei:

Man trifft sich, findet sich sympathisch, flirtet miteinander und am Ende redet jeder und jede über die Ex-Beziehung.

Es gibt kein besseres Gesprächsthema, die Feindbilder sind klar und verbindend, Täter- und Opfer Rollen zementiert. Niemand käme auf die Idee zu sagen:

„Na, vielleicht war das Ganze ja auch ein wenig meine eigene Schuld. Ich habe wohl einiges dazu beigetragen, dass es so gelaufen ist."

Nein.

Wir alle versuchen, so gut wie es geht, uns darzustellen und zu verkaufen. Schließlich sitzt ja der nächste potentielle Kandidat schon gegenüber.

Also hielt ich es an diesem Abend wie einst der Ex-Bundekanzler Konrad Adenauer:

'Keine Experimente'.

Noch einen Fehltritt auf einem mir unbekannten Terrain wollte ich mir nicht leisten und ich schlug darum vor, den Abend bei mir zu Hause zu beenden.

Wir torkelten lachend Arm in Arm durch die Straßen und es dauerte eine ganze Weile, bis ich den Wohnungsschlüssel im Schloss hatte.

Aus dem Wohnzimmer drangen die dumpfen Stimmen aus der Glotze.

Spock kam angelaufen und blieb abrupt stehen, als er Lola erblickte.

„So, so...wir haben Besuch, wie?"

Der beleidigte Unterton war nicht zu überhören.

„Ich...ich habe...Besuch", brabbelte ich.

Meine Güte, hatte ich vielleicht getankt.

„Oh, ein Hund. Ein Hundilein...ach, wie süß. Komm' doch mal her, mein Guter."

Lola war ebenfalls sternhagelvoll.

„Pfoten weg von mir, du Nachteule!", knurrte Spock.

Er schien nicht sonderlich amüsiert zu sein. Lola stellte ihre Handtasche auf den Garderobenschrank und kniete sich vor den Hund.

„Na, du bist mir ja ein ganz ein Feiner."

Spock sah mich an, ich kannte diesen Ausdruck genau.

„Das ist jetzt nicht dein Ernst, Captain. Du bist tief gefallen, aber ganz ehrlich...wie tief willst du eigentlich noch sinken? Gibt es da kein Stoppschild bei dir? Schieb' das Alien wieder hinaus ins All, tu dir einen Gefallen."

Das war frech!

Ich zeigte belehrend mit dem Finger auf ihn.

„Tu...tu dir selbst einen Gefallen und...verzieh dich."

„Och...lass ihn doch hier, der ist doch goldig. Wie heißt denn dein Wauwau?"

Lola schien begeistert zu sein.

Spock nicht.

„Herr, erbarme dich. Es ist ein Blödchen vom Himmel gefallen."

Jetzt wurde es anmaßend. Das war einfach zu viel.

Lola war zwar betrunken, aber nicht blöd.

„Schieb' ab, Hund. Platz! Aus! Geh' auf dein Zimmer und so weiter!"

Mehr fiel mir nicht ein.

„Ich darf mal ganz trocken anmerken, dass diese Lady hier absolut unter deinem Niveau ist. Das ist dir doch klar, oder nicht? Soviel Gespür müsste man auch bei gefühlten 2,3 Promille haben."

„Jeeht dich...nix an!", raunzte ich.

„Was geht mich nichts an, Dori?"

„Dori...ach Gott, wie putzig", äffte Spock nach.

„Ich...ich rede nicht mit dir, Lola...ich spreche mit dem Hund."

Lola prustete und lachte, dann erhob sie sich schwankend.

„Ups, ja klar. Das mir das nicht gleich aufgefallen ist...du redest mit deinem Wauwau, hihi. Seeehr interessant, hihi. Sag' mal, wo issn das Bad?"

Ich deutete den Flur entlang.

„Zweite Tür links. Kannst du nicht verfehlen."

„Bis glei-heich", kicherte Lola und stolperte vorwärts.

„Die kotzt bestimmt in die Schüssel, wetten wir, Captain?"

„Hör' bloß auf, es ist genug jetzt."

Spock zog eine Augenbraue hoch und sein Tonfall verfiel in ein konspiratives Flüstern:

„Oder sie ist in Wahrheit eine Freundin von dieser Mara...du weißt schon, der Griff ins Klo? Könnte es sein, dass sie als eine Art Racheengel in einer geheimen Mission gewisse Anweisungen bekommen hat? Ich meine nur, das ist doch auffällig, dass sie jetzt ins Bad..."

Ich hatte keine Lust mir diesen Mist anzuhören.

Ich ließ Spock einfach plappernd stehen und begab mich in das Schlafzimmer. Damit er mir nicht folgen konnte, knallte ich die Türe zu.

Ich zog Schuhe und Hose aus und fiel dabei rückwärts der Länge nach um, zum Glück direkt auf die Matratze.

Mir war jetzt alles egal.

Ich fragte mich, ob es in meinem Zustand nicht besser wäre, direkt einzuschlafen, denn es war zweifelhaft, ob ich heute noch 'meinen Mann' stehen konnte, wie man so schön sagt.

Während ich noch überlegte und grübelte, ging draußen auf dem Flur das Gekläffe los.

Das war sehr ungewöhnlich, denn seit Spock bei mir hauste, hatte er so gut wie nie laut gebellt.

Dazu gab es ja auch keinen Grund, denn mit seinen Sprüchen und Pseudo – Weisheiten war er ja sowieso omnipräsent.

„Spock...Spock, leise...die Nachbarn", lallte ich so laut ich konnte und setzte mich auf die Bettkante.

Das Bellen hörte auf.

Anscheinend hatte Lola mich gehört, die Tür ging auf und sie positionierte sich vor meinem Bett.

„Da...da bist du ja, Dori. Hihihi...musste erst einmal auf die Suche gehen, wo du...dich versteckt hast...böser Junge."

Sie lächelte und fing an, ihre Bluse aufzuknöpfen. Dabei schwankte sie wie ein Containerschiff bei schwerem Seegang.

Durch die jetzt offenstehende Schlafzimmertür drang eine mir vertraute Stimme aus dem Badezimmer:

„Na, was glaubst du, Dorian? Abgezogen oder nicht, das ist hier die Frage...soll ich zur Sicherheit noch mal abziehen?"

110

„Abziehen...?", murmelte ich verständnislos.

„Du meinst ausziehen, Tiger...ich bin doch schon dabei. Huhu...wir haben ganz schön gebechert, wir zwei?"

Ich entledigte mich ebenfalls vom Rest meiner Klamotten.

Lola hatte es inzwischen geschafft, sich bis auf den Slip zu entkleiden und warf sich förmlich auf mich.

Ich hatte vor, mich so gut wie möglich diesem Schicksal hinzugeben.

Da ich für einen aktiven Part in dieser intimen Sache schlichtweg zu betrunken war, hoffte ich, dass Lola die Sache in die Hand nahm, was sie dann auch tat.

Es fühlte sich sogar gut an, mit Erleichterung stellte ich fest, dass ich in Stimmung kam und mir die Schmach des Versagens erspart bleiben würde.

Wenn nicht...ja, wenn nicht dieser Hund ständig nerven und dazwischenrufen würde...das war nicht zum Aushalten.

Wie soll man sich auf eine Sache konzentrieren, wenn man ständig abgelenkt wird?

Laut dem blechernen Klang seiner Stimme musste er sich noch im Badezimmer aufhalten, soviel stand fest.

„Ruckedigu!"

Spock fuhr mal wieder das volle Programm auf, er fing an zu singen. Laut und deutlich. Das war kein gutes Zeichen.

„Ruckedigu!"

„Spock, Schnauze!"

Lola unterbrach ihre Bemühungen und sah mich fragend an.

„Der Hund bellt doch gar nicht mehr, Dori."

„Ruckedigu, Ruckedigu, Blut ist im Schuh, der Schuh ist zu klein..."

Welche vollendete Singstimme, haha. Spock machte eine Pause, dann ging es weiter.

„...die rechte Braut sitzt noch daheim."

Das war doch zum Mäusemelken.

Er hatte es wieder einmal geschafft, ich konnte nicht anders und musste laut lachen.

„Stimmt was nicht, Dorian? Alles in Ordnung bei dir?"

Natürlich hatte der Hund mein Lachen vernommen und das spornte seine Kreativität noch mehr an:

„Ruckedigu, Ruckedigu, Quark ist im Schuh, im Schuh da ist Quark, die rechte Braut steht noch im Park."

Schlagartig verstummte mein Lachen. Ich sagte nur ein Wort:

„Corinna."

Lola schnappte nach Luft und blickte mich scharf an. Sofort wurde mir die Tragweite meiner Artikulation klar, aber es war ausgesprochen.

Da war nichts mehr zu machen.

Es schien so, als ob wir beide schlagartig nüchtern geworden wären.

„Das.…das ist ja wohl die Höhe!"

Lola sprang vom Bett hinunter und begann sich erstaunlich schnell und sicher wieder anzukleiden.

„Also weißt du, Dorian...wenn du jemanden als Vorlage für eine Andere brauchst, dann lass' mich da gefälligst aus dem Spiel. Nicht mit mir!"

Ich versuchte aufzustehen, schaffte es aber nicht.

„Lola...das tut mir schrecklich leid. Ich...ich wollte nicht, das ist mir so rausgerutscht, sorry."

Lola war fast fertig angezogen und sah mich an, aber eher mitleidig als wütend.

„Schon o.k.…ist schon in Ordnung, Dorian. Du brauchst nicht weiter zu reden, ich bin nicht sauer. Es war ein Irrtum."

„Ja...", stammelte ich betroffen.

„Das stimmt, es war von uns beiden ein Irrtum."
Lola war startklar, sie ging zur Schlafzimmertür, doch dann drehte sie sich plötzlich noch einmal zu mir.

Seltsam. Sie schien zu lächeln.

„Du solltest sie besuchen, echt jetzt."
Ich verstand nicht.

„Besuchen? Äh? Wen denn besuchen?"

„Na deine Corinna, wen denn sonst? Du bist verliebt, das merkt doch ein Blinder mit 'nem Krückstock."

„Ich? Verliebt?"
Lola winkte kurz mit der Hand zum Abschied.

„Mach's gut, Dorian. Bis irgendwann mal wieder."
Ich fühlte mich schuldig und schämte mich.
Doch dann dachte ich an Corinna, stellte mir ihr Gesicht vor. Noch auf dem Bett hörte ich die Wohnungstür zufallen.

„Ich korrigiere mich, Captain", hörte ich Spock wie durch einen Nebelvorhang sagen.

„Eigentlich ganz in Ordnung, das Mädchen. Aber trotz allem würde ich eher…"
Seine Stimme wurde leiser und leiser, ich konnte kein Wort mehr verstehen.

„Corinna...Corinna...", hörte ich mich selbst noch flüstern während ich nach hinten in die Federn sank. Eine große, weiche Hand fing mich auf und führte mich in das dunkle Nichts.

ZWEI LÖFFEL

Mit der Definition von Liebe ist das so eine Sache.
Ich habe bereits die unterschiedlichen Interpretationen
angesprochen, vor allem den sich permanent
verändernden Zustand in den langen Jahren der
Gemeinsamkeit.
Für die einen ist das ein Wow! wenn ein altes Paar um
die achtzig noch händchenhaltend spazieren geht und
für die anderen ist jede Beziehung nach spätestens zwei
Jahren langweilig, ausgelutscht und ohne jeglichen
Kick.
Man beendet das Ganze, fängt mit Schmetterlingen im
Bauch wieder von vorne an und das gleiche Szenario
wiederholt sich mit dem neuen Partner oder der neuen
Partnerin. Nur die Probleme bleiben dieselben. Die
Suche nach Liebe ist hier die Sucht nach dem
'Verlieben'.
   Und 'Verlieben' ist etwas völlig anderes.
   Um meinen mir nicht bewussten oder verdrängten
Zustand zu erklären, fällt mir ein Kinderbuch ein:
   Nein, ich lese seit meiner Kindheit selten ein
Exemplar, erstens habe ich keine Kinder, denen ich
vorlesen müsste und zweitens mache ich um alle
Schriften einen Bogen, welche irgendwie erzieherisch
oder belehrend rüberkommen.
   Das Kinderbuch, das ich meine, ist mir aus purer Not
und Langeweile in die Hände gefallen.
   Sonja hatte darauf bestanden, dass ich sie zum Arzt
begleite.
Im geschmacklos gekachelten Wartezimmer war die
Hölle los und es dauerte ewig, bis sie dran war und
noch länger, bis sie fertig war.

Nachdem ich von der Sprechstundenhilfe schon böse Blicke kassiert hatte, schaltete ich das Handy aus und starrte genervt und gelangweilt zur Decke.

Die Illustrierten lagen auf einem kleinen Tisch in der Mitte des Raumes und offenbarten mir ein Bild des Jammers.

Es gab nur diese Regenbogenblätter und Zeitschriften über blaublütige Verbrecher in Kutschen und Prachtschlössern. Ein Patient hielt den 'Spiegel' fest umklammert, eine Dame den 'Stern'.

Da fiel mein Blick auf ein paar Kinderbücher und ich schnappte mir eins vom Stapel weg.

`Frosch und Ente', oder so ähnlich.

Also, soweit ich mich erinnere, war dieser Frosch etwas verwirrt, weil er nicht wusste, was genau mit ihm los war.

Er fühlte sich plötzlich abwechselnd kalt und warm, glücklich und dann wieder traurig und etwas in seiner Brust machte ständig 'Bum Bum'. Da er um seine Gesundheit besorgt war, fragte der Frosch alle Tiere um Rat.

Hatte er sich erkältet?

Oder war es am Ende eine schlimme Krankheit? Schließlich landete er bei Doktor Hase, der seine Symptome genau unter die Lupe nahm.

Sein Ergebnis war eindeutig:

„Frosch, du bist verliebt."

Der Frosch war völlig durcheinander.

Verliebt? Wieso?

In wen sollte er denn verliebt sein? Grübelnd machte er sich auf den Heimweg. Dann, aus heiterem Himmel, fiel es ihm plötzlich ein: Die Ente!

Er war in die schöne weiße Ente verliebt.

Da ein Frosch in der Meinung der Öffentlichkeit unmöglich eine Ente lieben kann, wehte dem grünen Hüpfer der scharfe Wind der Intoleranz entgegen.
Aber Sie können den Schluss der Geschichte gerne selbst nachlesen. Nur so viel:
Es gibt ein Happy End.

  Ich hatte mich also total verliebt und es nicht bemerkt. Oder ich wollte es verdrängen und nicht wahrhaben. Lola hatte mir einen Spiegel vorgehalten und jetzt war alles klar. Ich musste Corinna wiedersehen und begann, Zettel aufzuhängen: Im Park, im Supermarkt, an den Ampeln, bei der Metzgerei, im Bäckerladen und in der kleinen Poststelle.
Es war mir völlig egal, ob mich die Leute dabei komisch anschauten.

  „Wer kennt Sie? Name: Corinna. Halblange braune Haare, Brille, mittelgroße Figur, trägt eventuell eine weiße Skimütze mit dem Slogan ‚*Wirr ist das Volk*‘. Sie ist wahrscheinlich in Begleitung einer Collie Hündin. Bitte bei mir melden."

  Handynummer – Fertig.

  „*Schreib' doch noch dazu, funkelnde Augen und bezauberndes Lächeln*", kommentierte Spock meine Aktion auf dem Weg zurück nach Hause.

  „Haha. Toller Tipp, vielen Dank auch."

  „*Jetzt mal im Ernst, Captain. Schon mal was von Internet gehört? Du hängst hier kritzelige Suchzettel auf wie im letzten Jahrhundert, lächerlich! Du solltest dich lieber einmal durch die asozialen Medien klicken. Du wirst da in den entsprechenden Foren mehr Glück haben, garantiert.*"
Ich seufzte und klebte den nächsten Zettel an eine Laterne.

„Da ist natürlich etwas dran, aber weißt du: Das würde mir dann die Romantik zerstören. Digital ist einfach herzlos. Ein zielgerechtes Suchen und Schnüffeln hat nichts mit dem zufälligen Zauber der Liebe zu tun."

„Faszinierend! Du überraschst mich. Soviel Erkenntnis hätte ich dir gar nicht zugetraut. Es sieht fast so aus, als ob mein werter Einfluss in den letzten Wochen dich positiv beflügelt hat. Eine echte Weiterentwicklung. Chapeau."

„Danke. Und lass' uns die Straßenseite wechseln, da kommt uns Frau Krause mit ihrem Corona-Pudel entgegen."

Wir bogen in die nächste Seitenstraße ein und gingen hinunter zu den Feldern am Stadtrand. Schweigend spazierten wir nebeneinander her, dann leinte ich Spock ab und er jagte erfolglos hinter einigen Karnickel her.

Das sah extrem lustig aus.

„Warp Antrieb, Mister Spock. Geben Sie alles!"
Schließlich kam er mit hängender Zunge zurück.

„Also. Das sah eher nach Comedy aus als nach einer Jagd."

„Ach was", hechelte Spock zurück.

„Das mache ich nur, um fit zu bleiben, gelegentliches Joggen, das ist quasi mein Training. Der Jagdtrieb wird völlig überbewertet. Sobald es eine Fitness App für Hunde gibt, erspare ich dir dieses Schauspiel und mache mein Workout zu Hause vor dem Sofa."

Ich lachte herzhaft. Dabei merkte ich, wie gut es mir ging.

Traurigkeit und Trübsal der vergangenen Wochen waren zwar nicht völlig verschwunden, aber ich verspürte einen versöhnlichen Heilungsprozess.

„Du kennst doch den Spruch: Für jeden Depp eine App."

„Nö, kenne ich nicht. Und überhaupt: Du bist es doch, der mir gerade dazu geraten hat, mich bei der Suche ein wenig moderner und digitaler aufzustellen. Gibt es eine App für 'Einmal getroffen –ich bitte um ein Wiedersehen'?"

Ich nahm Spock wieder an die Leine und wir kehrten zur Straße zurück.

„Mit Sicherheit, Captain. Die Menschheit ist inzwischen digital durchgeimpft und sie ist davon überzeugt, dass es für jedes Problem eine App gibt. Eine App für die Jobsuche, eine andere App für die Partnerwahl, eine App für das Heimwerken und eine weitere für die Verdauungsprobleme. Ihr seid zu Sklaven des Smartphones mutiert, die Menschen sind wie degenerierte Zombies, ferngesteuert durch Google und Apple, immer auf der Jagd nach Frischfleisch bei Amazon, Zalando und Twitter. Die Leute sind unfähig, einen Nagel in die Wand zu schlagen, aber Hauptsache, es gibt eine App dafür."

„He, ich kann meine Reifen alleine wechseln. Am Auto, zumindest. Nur beim Fahrrad, genau genommen hinten, ist mir das zu kompliziert, das gebe ich zu." Spock grinste:

„Zu viele Bremszüge und Zahnräder, was? Du gehörst eben zu der Sorte Mensch, der sich besser auf das Einfache und Offensichtliche konzentrieren sollte. Es tut dir einfach nicht gut, wenn du dich verzettelst, das hast du ja wohl bei deinen letzten amourösen Abenteuern gelernt."

„Jetzt bitte nicht wieder indiskret werden, Spock. Ich möchte darüber nicht mehr reden, ja?"

Der Hund wedelte mit dem Schwanz.

„Aye aye, Sir."

Wir hatten den Block fast erreicht, als er erneut mit seinem Lieblingsthema anfing, ein irrer Gedankenblitz aus dem Nichts.

Dieser Vierbeiner war einfach nicht von dieser Welt.

„Stell' dir doch einmal vor, es hätte in den dreißiger Jahren des letzten Jahrhunderts schon Handys gegeben."

„Bitte?"

„Na ja, dann hätte es bestimmt auch eine App mit einer Simulation für Blitzkriege gegeben. Dann hätte sich der irre Adolf virtuell austoben können, hätte Panzer, Punkte und Medizin-Packs sammeln können anstatt andere Länder zu überfallen. Da wäre Europa und der restlichen Welt ein Stein vom Herzen gefallen."

„Ähem...ja."

Ich zog es vor, nicht auf diesen Unsinn zu antworten, denn das machte bekanntlich alles schlimmer.

„Auf der anderen Seite…", philosophierte Spock weiter, *„hättet ihr Deutschen keine Stunde null erlebt und die Amis euch nicht mit Schokolade, Kaugummi und Rock 'n Roll die Demokratie eingeprügelt, würdet ihr heute noch im Januar mit kurzen Hosen herumlaufen und Sauerkraut, Kohl oder Eintopf spachteln."*

„Soso. Aber meine Familie kommt aus dem Osten, du Schlauberger, da hinkt deine Lernstunde etwas. Da war nichts mit Amis und Kaugummis, allenfalls etwas mit Wodka, und Sauerkraut esse ich heute noch gerne, das ist gar nicht mal schlecht. Solltest du mal probieren."

Ha, ich hatte es geschafft. Spock hatte es die Sprache verschlagen. Zum ersten Mal hatte er nicht das letzte Wort.

Die Zahnräder der Zeit drehten sich weiter und weiter, es galt, den Kurs zu halten. Die Dinge nahmen ihren Lauf und ich war davon überzeugt, Corinna wieder zu sehen.

Seit dem Beginn meiner Flyer Aktion waren einige Tage vergangen. Ärgerlich stellte ich fest, dass einige meiner
Suchmeldungen mutwillig abgerissen waren, sie lagen auf dem Boden oder in den Papierkörben.

Welche Chance hat die Romantik gegen den deutschen Ordnungssinn? Einen Zettel hatte ein Witzbold mit einem schlecht gezeichneten Penis verschönert, auf einem anderen wurde ich in fast korrekter Schreibweise als 'Perverser Spanna' bezeichnet.

Die Gesellschaft war krank und ich nicht ihre Medizin. Der Impfstoff wurde zielgerecht eingesetzt, nach den Pflegefällen, den Ärzten und den Leuten aus dem Gesundheitswesen kam allmählich der Rest an die Reihe. Das Tempo blieb bescheiden. Bis alle Menschen geimpft waren konnte es Monate dauern und das Mittel würde unsere Gesellschaft nicht von ihrer Boshaftigkeit und ihrem egoistischem Verhalten heilen. Es ist schon bezeichnend, dass sich Leute lieber mit ihrem Hund unterhalten als mit dem Rest der Welt. Niemand hört besser zu, keiner kann einen so gut verstehen und dabei so treu anblicken.

Es war Mitte Februar und wir lümmelten uns auf dem Sofa herum. Ich kraulte Spock das Fell, es war ein gemütlicher Nachmittag.

Ganz plötzlich hob er den Kopf an. Seine Ohren stellten sich auf und sein Blick wanderte in Richtung Wohnungstür.

Es klingelte.

Ächzend erhob ich mich in meinem ausgewaschenen T-Shirt und den schlabbernden Jogginghosen und schlurfte los.

Es klingelte erneut.

„Schon da, jaja. Komme schon...“

Als ich die Tür öffnete, traf mich der Blitz.

Donnerwetter!

Mir klappte der Mund auf und zu.

„Hallo Dorian.“

Vor mir stand Corinna, die leibhaftige Corinna. Lächelnd hielt sie einen der Suchzettel in die Höhe, gottlob ohne Penis.

„Darf ich reinkommen?“

Ich hatte mich wieder gefangen und grinste wie der volle Mond bei Nacht über beide Backen. Ich bat sie herein.

„Super passendes Outfit, Captain“, kam es lästernd aus der hinteren Reihe, aber es war mir gleich. Wenn ich ehrlich bin, mir war in diesem Augenblick so ziemlich alles egal.

Ich kochte uns einen Kaffee und Corinna erzählte mir, dass sie einen der Flyer im Park entdeckt hatte.

Eine sehr nette Dame mit einem maskierten Pudel hätte sofort gewusst, wer die Zettel befestigt hatte und nach einer Personenbeschreibung ihr den Weg zu unserem Wohnblock beschrieben. Sie hätte fast alles gewusst: Vorname, Beruf, Name des Hundes, Straße und Hausnummer.

„Ach, die nette Frau Krause, das ist ja schön", flötete ich.

„Haha, ja sehr nett, diese Dame. Die Kontrolle der Nachbarschaft steht eins zu eins in der Tradition der Stasi."

„Und da dachte ich, wenn ich schon mal wieder hier in der Gegend bin, komme ich spontan vorbei. Zum Glück wusste die Frau aus dem Parterre deinen Nachnamen, denn 'Dorian' stand nicht an der Klingel."

„Sag' jetzt nichts Gutes über Frau Kaschel, Dorian. Bitte!"

„Ach, das habe ich mir schon gedacht, dass du nicht hier in der Nähe wohnst. Ich hatte gehofft, dich im Park zu treffen."

Ich goss uns Kaffee ein. Corinna blickte sich in der Wohnung um, mehr interessiert als prüfend und ihr Blick blieb an Spock hängen.

„Aha, der erste Offizier. Alles roger, Mister Spock?" Der Hund dackelte brav zu Corinna und ließ sich kraulen.

„Alles im grünen Bereich, Madame. Das Schiff gleitet sehr geschmeidig mit Impulsantrieb dahin."

Damit hatte er alles gesagt, was zu sagen war.

„Weißt du...", wandte sich Corinna wieder an mich und zog ihre Skimütze ab.

„Ich bin normalerweise eher scheu, aber deine Suchaktion schmeichelt mir schon, das muss ich zugeben. So etwas Verrücktes ist mir noch nie passiert." Corinna lachte und zauberte einen Glanz in meine Hütte.

„Wenn du mich damit beeindrucken wolltest, das hast du geschafft."

Ich sah sie an und legte die Karten auf den Tisch, nicht alle, aber so viel wie ich es für angebracht hielt.

„Corinna, ich...ich finde dich sehr nett und wenn ich ehrlich bin: Du bist mir nicht mehr aus dem Kopf gegangen. Also wollte ich dich unbedingt wiedersehen, aber du warst weg, verschwunden."

Corinna senkte ihren Blick und kaute auf ihrer Unterlippe herum.

„Ich musste für eine Weile verreisen...etwas klären, oben in Schleswig-Holstein."

Sie sah mich wieder an und fuhr fort: „Aber jetzt ist alles geregelt. Wie sieht es aus? Ist es dir wirklich ernst mit dem Kennenlernen? Wir könnten gemeinsam etwas frische Luft schnappen. Ich hätte Zeit."

Puh!

Das lief ja wie Schmitts Katze. Trotzdem war ich leicht überrascht. Die Küchenuhr zeigte achtzehn Uhr an. Spock lag faul in der Ecke.

„Wo ist denn deine Lassie?", fragte ich.

„Die ist bei einer Freundin hier um die Ecke, ich hole sie später gegen neun Uhr ab. Also, wie sieht's aus, Captain Kirk?"

Ich konnte mein Glück kaum fassen und machte mich bereit. Hose, Schuhe, Jacke an, Napf und Wasser nachfüllen – fertig!

Ich drehte mich zu Spock um.

„Alles klar, Kumpel? Wir sehen uns dann später."

Spock zwinkerte mir verschwörerisch zu.

„Ein Eis, zwei Löffel. Versaue es nicht, Dorian."

„Auf keinen Fall. Bis später."

Ich schloss die Tür und zog mit Corinna von dannen.

Es war bitterkalt, aber ein inneres Feuer hielt mich warm und ich hätte bis nach Sibirien laufen können. Wir kamen an dem kleinen Café 'Bergstation' vorbei, welches ich noch nie betreten hatte. Es erschien mir immer als zu modern. Innen brannte Licht und ein Fenster war geöffnet.

„Hey, da gibt es Pommes ‚take away'!", rief Corinna. Wir bestellten zwei Portionen und schlenderten weiter in den Huthpark. An der Hundewiese setzten wir uns auf eine Bank. Wir plapperten ohne Punkt und Komma, die Zeit verging wie im Flug. Ich könnte auch heute nicht mehr sagen, ob außer uns noch andere Leute unterwegs waren. Ich hatte nur noch Augen für Corinna.

Sie erzählte von ihrer Fernbeziehung im hohen Norden, die sie gerade nach einem letzten, gemeinsamen Wochenende beendet hatte.

„Wir haben uns einvernehmlich und im Guten getrennt, mehr gibt es dazu nicht zu sagen."
Wenn ich so darüber nachdachte, waren Sonja und ich auch nicht im Streit auseinandergegangen. Es hatte sich nur alles stillschweigend totgelaufen.
Ich überlegte, ob ich davon erzählen sollte, ließ es dann aber instinktiv sein.

Es war irgendwie auch nicht mehr so wichtig. Corinna sah mich an und ein betörender Glanz lag in ihren Augen. Dann sagte sie:

„Es ist gefährlich, da lernt man jemanden Nettes kennen und jammert ihm etwas über seinen Verflossenen vor; darum höre ich jetzt sofort mit diesem Thema auf, versprochen."
Diese Einstellung teilte ich uneingeschränkt und wir machten einen Cut. Dreimal dürfen Sie raten, über was wir uns die nächsten zwei Stunden unterhielten: Lassie hier, Lassie da, Spock zum Ersten, Spock zum Zweiten.

Ich hatte kein Zeitgefühl mehr und wir lachten uns schlapp über die lustigen Hundegeschichten.

Corinnas Augen glänzten jetzt nicht mehr, sie funkelten geradezu. Ich fühlte mich wie betäubt.

„Und du sagst, du redest mit deinem Hund?"

„Na ja, er hat irgendwann damit angefangen, glaube ich."

„Ich spreche auch mit Lassie, das gebe ich zu. Ich denke, ich weiß, was du meinst. Ihre Blicke sprechen Bände und sie versteht genau, was ich sage."

„Ja, die Mimik der Hunde ist einzigartig", stellte ich fest. „Wir haben eine Ebene gefunden, auf der wir kommunizieren können. Ich muss dir gestehen: Ich war nie ein großer Fan von Hunden, aber Spock hat mir einen neuen Horizont eröffnet. Ohne ihn läge ich heute wahrscheinlich in der Gosse."

Corinna legte ihre Hand auf die meine, und ein wohliger Schauer durchfuhr meinen Körper.

„Ich finde es sehr schön, wie du über deinen Hund sprichst, Dorian. Ich denke, er ist ein ganz außergewöhnliches Tier."

Ich befürchtete, sie würde ihre Hand wieder wegziehen, doch sie blieb genauso liegen.

Corinna erzählte, dass sie drüben in der Nordweststadt wohnte. In unseren kleinen Stadtteil verschlug es sie nur selten, was erklärte, warum ich sie nicht mehr auf der Hundewiese angetroffen hatte.

„Sag' mal, hast du am Sonntagnachmittag schon was vor? Wir könnten zusammen bei mir oben an den Niddawiesen mit den Hunden spazieren gehen, oder auf dem Buga – Gelände. Lust und Zeit?"

Was für eine Frage!

„Klingt phantastisch. Gebucht!"

Ich fühlte mich betäubt und glücklich wie ein
Schuljunge, der sich zum ersten Mal verliebt hatte.

Es gab keinen Abschiedskuss. Aber wir umarmten
uns innig und konnten spüren, dass dies der Beginn
einer neuen Ära war. Es war, als ob sich zwei
verwandte Seelen begegnet wären. Ich sprang
übermütig die Treppen im Hausflur hoch. Spock
erwartete mich bereits schwanzwedelnd hinter der Tür.

*„Du hast 'Take me Out' verpasst, die Dating Show für alle
modernen Trümmerfrauen und Dampfplauderer."*
„Es hat sich ausgedatet, mein Freund. Wir gehen
Sonntag spazieren, mit Corinna und Lassie."

Spock zog eine erstaunte Grimasse.

*„Halleluja! Ich gratuliere, mein zweibeiniger Gefährte. Ich
habe den leisen Verdacht, dass sich bald einiges ändern
wird."*
Ich wusste nicht, was er genau damit meinte, aber ich
spürte, wie sich mein Hund für mich freute.

*„Mach' 'ne Flasche Sekt auf, Captain. Wir ziehen uns noch
den Tatort rein."*

HIGH NOON

Es war ein herrlicher Sonntag im Februar, die Sonne
schien kräftig von einem strahlend blauen Himmel, es
lag bereits ein Hauch von Frühling in der Luft.

Spock und mir tat der Ortswechsel mal ganz gut, er
tollte wie ein Bekloppter mit Lassie am Ufer der Nidda
entlang, vollzog ungelenke Sprünge und brachte uns
zum Lachen.

Wir gingen Seite an Seite, Corina und ich, unterhielten
uns über Gott und die Welt und jener unsichtbare
Magnet zog uns langsam aber sicher näher und näher
zusammen.

Schließlich liefen wir händchenhaltend am Fluss
weiter bis zur Staustufe nach Eschersheim und zurück.
Die Leute auf den Fahrrädern grüßten uns freundlich
und gaben dem verliebten Paar ihren wohlwollenden
Segen.

„Hast du heute Lust auf ein Abendessen bei mir zu
Hause? Ich würde uns etwas Leckeres kochen", schlug
Corinna vor.

Ich war im siebten Himmel.

„Bring' Spock mit, vielleicht wird es ja etwas später
bei uns, dann musst du ihn nicht alleine lassen."

Das klang vernünftig, wenn auch vieldeutig.

Im Geiste packte ich schon Rasierpinsel und
Zahnputzzeug zusammen.

Wir hatten uns für zwanzig Uhr verabredet.

Ich stand zuhause vor dem Spiegel und überlegte,
was ich anziehen sollte.

Der Hund bemerkte meine Unsicherheit.

„Ist völlig egal, was du anziehst. Eigentlich könntest du auch gleich nackt gehen, aber das wäre zu offensichtlich. Außerdem würden sie dich schon am ersten U-Bahnhof verhaften."

„Du hast gut reden", antwortete ich und zog mir ein schlichtes T-Shirt mit weißen und schwarzen Streifen über.

„Fell ist Fell, da bist du sowieso immer optimal gestylt und ausgehfertig."

Spock drehte sich um und verließ das Schlafzimmer.

„Ich gehe nicht aus. Ich komme nicht mit."

„Wie?"

Ich war geschockt, lief ihm hinterher und versperrte ihm den Weg zur Glotze.

„Was soll das heißen, du kommst nicht mit?", fragte ich entsetzt.

„Gib' dir keine Mühe, mein Entschluss steht fest. Das ist deine große Show, Captain, die schaffst du alleine. Mach' dir keine Sorgen um mich, ich komme schon klar."

Er schien es ernst zu meinen.

„Wie...was jetzt...kein Witz? Du willst ernsthaft hierbleiben? Und was ist mit Lassie? Denk' doch mal an Lassie..."

Spock zog ein theatralisches Gesicht.

„Aus. Vorbei. Finito. Ciao, Bella."

Ich war irritiert.

„Ja aber...heute am Fluss, da seid ihr beide doch..."

„...herumgetollt...mehr aber auch nicht. Oder hast uns beide heute in irgendwelche Büsche verschwinden sehen?"

Ich überlegte, ob das stimmte, aber da ich die meiste Zeit nur auf Corinna geachtet hatte, konnte ich seine Behauptung weder bestätigen noch widerlegen.

Doch es schien die Wahrheit zu sein. Armer Spock!

„Das tut mir wirklich leid für dich", druckste ich hervor.

„Spocky, mein guter Kamerad. Ich weiß, wie es sich anfühlt, wenn man verlassen wird und plötzlich..."

„Was redest du da, Dorian?", unterbrach er mich.

„Ich wollte damit sagen, ich kenne das Gefühl, wenn man..."

„Ich habe dich bestens verstanden, akustisch zumindest", stellte Spock fest. *„Aber du verkennst die Situation."*

„Ich...ich verkenne...bitte was?"

„Ich habe die Biege gemacht, nicht sie. Lassie hat es aber ganz gut aufgenommen, tapferes Mädchen."

Ich war entrüstet!

Unglaublich!

„Du...du hast was? Du willst mir weismachen, dass du mit ihr Schluss gemacht hast? In drei Teufels Namen! Wieso?"

Spock setzte eine seiner unverkennbaren Grimassen auf.

„Du kennst doch das Sprichwort: Wer zweimal mit derselben pennt gehört schon zum Establishment."

Mir verschlug es die Sprache.

Das war ein starkes Stück!

Blödsinniges Macho Gefasel aus der pseudo - linken Ecke vergangener Zeiten. Erst wollte ich darauf nichts erwidern, dann brummte ich zurück:

„Manchmal glaube ich, die Freaks im Wurmloch hätten dich besser wieder in die späten sechziger Jahre schicken sollen. Genau da gehörst du nämlich hin."

Spock schien etwas beleidigt zu sein und ich ließ ihn links liegen. Nachdem ich mich fertiggemacht hatte, ging ich zur Haustür. Ich blieb stehen und lauschte.

„Tschüss, Spock. Bis morgen!"

Stille.

Ich griff zur Türklinke und hatte plötzlich ein schlechtes Gewissen. Irgendwie fühlte ich mich schändlich.

Tapps tapps.

Spock trabte heran und sah mich mit großen Augen an.

Ich ging auf die Knie und umarmte ihn.

„Ich danke dir. Ich danke dir für alles."

„Viel Glück, Captain. Auf-auf, in die unendlichen Weiten, zur Sonne, zur Freiheit." Jetzt lächelte er wieder.

„Du bist der Beste, Spock. Der Beste."

Die nächsten zwei Wochen vergingen wie eine Dauerfahrt auf der Achterbahn, wild, stürmisch und aufregend. Corinna und ich waren ein Paar, das sich nicht gesucht aber gefunden hatte. Ich hüpfte herum wie ein siebzehnjähriger Teen nach dem ersten Joint. Mit dem Begriff der 'Liebe auf den ersten Blick' hatte ich nie etwas anfangen können.

Jetzt wusste ich, dass ich zu einem dieser Privilegierten gehörte, der dieses Gefühl erleben durfte. Ende Februar hatte mich Corinna gefragt, ob wir zusammenziehen wollen.

Ich sagte sofort 'Ja'!

Ich, der sich früher mit Händen und Füssen gegen Nähe, Verbindlichkeit und Friede-Freude-Eierkuchen gewehrt hatte, kündigte unmittelbar meine Wohnung. Das Leben ist blau wie eine Orange und gehört den Verrückten.

Es war Freitagabend und ich kramte in der Bude in meinen alten Sachen herum.

„Kann weg...kann weg...kommt mit...weiß noch nicht..."

Ich drehte meinen Kopf nach hinten in Richtung Küche, wo Spock laut schlabbernd seinen Napf leerte.

„Was meinst du, Spock, der silberne Kerzenständer auf dem Nachttisch, wegwerfen oder mitnehmen?"

Keine Antwort.

Spock fraß anscheinend genüsslich weiter seinen Pansen und ignorierte mich. Ich überlegte kurz.

Das war schon auffällig.

In den letzten Tagen hatten wir uns kaum noch unterhalten und wenn, dann nur das Nötigste.

Ich begann, seine Sprüche und Kommentare echt zu vermissen.

Konnte es sein, dass er sauer war?

Passte ihm der Umzug nicht?

Oder war es etwas ganz anderes?

Das musste geklärt werden. Am besten jetzt.

Ich war gerade im Begriff, ihn zur Rede zu stellen, als mein Smartphone bimmelte.

Corinna, war mein erster Gedanke.

Im Display stand eine mir unbekannte Nummer.

„Ja? Hallo?"

„Hallo Dorian?" Ich zuckte zusammen, wer konnte das sein? „Hallo, ich bin es, Sonja."

Ich war perplex.

Sonja war inzwischen so weit von mir weg, dass ich sie beinahe vergessen hatte.

„Wer...äh, ach so. Hallo Sonja."

Ihre Stimme klang ohne einen Wiedererkennungswert und seltsam fremd.

„Ich wollte nur mit dir abklären, wann es dir passt?"

Wann es mir passt? Was hatte das denn jetzt zu bedeuten?

„Äh, tut mir leid, Sonja. Ich verstehe nicht, was du meinst?"

„Hast du denn meine letzte E-Mail nicht gelesen?", fragte sie mit diesem typischen, vorwurfsvollen Unterton.

Ich dachte angestrengt nach.

Ich konnte mich nicht an eine Nachricht erinnern. Wahrscheinlich war sie, nachdem ich Sonjas Kontakt im Adressbuch gelöscht hatte, im Spam Ordner gelandet.

„Bedaure, ich weiß von nichts. Ich habe hier nichts erhalten. Um was geht es denn?"

Sonja pustete genervt ein ‚*Puuuh*' in den Hörer.

Oh, wie ich das immer an ihr gehasst habe!

„Also, das ist ja mal wieder ein Klassiker, typisch Dorian."

Jetzt erkannte ich ihre Stimme wieder, sie klang wie immer.

„Also, dann eben noch einmal: Ich wollte mit dir einen Termin vereinbaren."

Einen Termin? Was denn für einen Termin? Ich stand auf dem Schlauch.

„Wieso das denn, einen Termin für was?"

Dann durchzuckte mich eiskalt eine Vermutung und ließ mich frösteln.

Gleichzeitig erhielt ich die Bestätigung am anderen Ende der Verbindung.

„Na, wegen Henry. Ich habe doch seit einer Woche die neue Wohnung. Du bist sicher froh, wenn ich ihn abhole."

„Hier gibt es keinen Henry, da ich muss dich enttäuschen."

Es wurde ganz still.

Dann hörte ich Sonja wütend schnaufen.

„Sag' mal, bist du bereits betrunken oder einfach nicht ganz bei Trost?"

Ich hatte mich wieder gefasst und blieb ganz cool.

„Das kannst du vergessen, Sonja, Spock bleibt hier."

Ich war nicht bereit, diese intergalaktische Schlacht kampflos aufzugeben.

„Wie bitte? Wer um Himmels Willen ist Spock?"

Jetzt klang ihre Stimme leicht belustigt.

„Der Hund", triumphierte ich.

„Der Hund heißt jetzt Spock. Henry ist Geschichte, den kannst du also abhaken. Und Spock wohnt bei mir. Basta!"

Sonja sagte nichts mehr.

Schweigen.

Ich hoffte schon, sie hätte aufgelegt, doch ihr leise vernehmbarer Atem belehrte mich eines Besseren.

Sie dachte nach.

Das Unheimliche an Sonja war schon immer, dass sie so gut wie niemals explodierte, sondern stets kühl, sachlich und rational nach Lösungen suchte, die den Anschein einer all-parteilichen Gerechtigkeit vermitteln sollten. Bei dieser Art der Schlichtung hatte ich immer den Kürzeren gezogen.

„Ich freue mich, dass es dem Hund so gut bei dir ging. Ihr habt euch anscheinend angefreundet, was? Das hätte ich nicht erwartet, du überraschst mich, Dorian. Was sollen wir denn jetzt deiner Meinung nach tun?"

Netter Trick aus der Werkzeugkiste der Mediation. Schön den Ball an mich zurückspielen und durch Entschleunigung den Konflikt herunterfahren, um dann die Vernunft siegen zu lassen.

„Spock bleibt bei mir!", sagte ich trotzig wie ein Kind.

„Hm", machte Sonja. „Na wenn das so ist, warum lassen wir dann nicht einfach den Hund selbst entscheiden?"

Damit hatte ich nicht gerechnet.

„Wie? Wieso den Hund entscheiden lassen. Wie soll das bitte schön funktionieren?"

Sonja war jetzt in ihrem Element:

Planung - Entscheidung - Durchführung.

„Der Hund hat ja wohl auch eine Seele, oder nicht? Wir treffen uns, trinken einen Kaffee und dann geht jeder von uns seiner Wege. Wem der Hund folgt, der behält ihn."

Meine Gedanken rasten wie irre.

War das eine Finte?

Bedeutete so ein Szenario einen taktischen Vorteil für mich? Oder mündete dieser Showdown in meiner Niederlage?

Der Vorschlag war absurd, aber ich musste zugeben, dass es gerecht war.

„Aber nicht bei dir oder bei mir", platzte ich heraus und hatte damit quasi dummerweise schon meine Zustimmung erteilt, bevor ich es mir noch einmal überlegen konnte.

„Einverstanden", tütete Sonja den Deal ein.

„Kennst du das Café Bergstation, die haben dort Coffee to go."

„Nein, nicht zur Bergstation, auf gar keinen Fall!", rief ich impulsiv.

„Du meine Güte, krieg' dich wieder ein, es war ja nur ein Vorschlag. Wie wäre es vor dem schmuddeligen Café unten an der U-Bahn-Station? Das wirkt zwar ein bisschen billig, aber wir dürfen ja eh nicht rein."

„Einverstanden. Wann?"

Morgen Nachmittag, siebzehn Uhr?"

„Passt", maulte ich trocken.

„Und Dorian? Bring' Henry mit!"

„Er heißt Spock."

Natürlich kam mir an diesem Abend in den Sinn,
Spock zu beeinflussen oder zu manipulieren.

Ich rief Corinna an und sie riet mir davon ab.

„Der Hund spürt selbst, wo er hingehört, daran
kannst du nichts ändern. Die Idee von ihr ist gar nicht
so dumm. Lasst Spock selbst entscheiden, was er will."

Genau das machte mir Angst.

Ich war mir meiner Sache plötzlich nicht mehr sicher
und ertappte mich mit Sprüchen vor der Glotze, wie:

„Na Spock, das ist ein Leben, was?

Fressen, Fernbedienung, was gibt es Gemütlicheres?"

Oder:

„Wir beide, wir gehen durch dick und dünn, stimmt's,
alter Schwerenöter?"

„Wenn du es sagst", antwortete Spock in
gelangweiltem Ton. Viel mehr brachte ich aus ihm
nicht mehr raus.

Ich hatte das dumpfe Gefühl, dass er den Braten
gerochen hatte. Ich hatte ihm natürlich nichts von dem
Treffen erzählt, aber wer weiß?

Vielleicht hatte er das Telefongespräch heimlich
mitgehört?

Es blieb bei bloßen Vermutungen und ich schlief
schlecht in dieser Nacht.

Dann war er da, der nächste Tag, es nahte der Show Down.

„Du siehst richtig gut aus, Dorian. Ich bin überrascht", sagte Sonja. Das Café an der U-Bahn schien die Pandemie wohl zu überleben, denn man sah, wie innen fleißig renoviert wurde. Ausgerechnet dieser Laden! Wir bewaffneten uns mit heißem Kaffee in Plastikbechern.

„Danke, wie habe ich denn früher ausgesehen?", wollte ich gerade in meiner alten, non - charmanten Art erwidern.

Doch dann überlegte ich es mir anders.

„Danke, du machst mir ebenfalls einen sehr zufriedenen Eindruck."

Positiv an diesem verregneten Nachmittag war, dass wir gar nicht erst versuchten, alte Geschichten auszupacken. Wir wollten auch nichts mehr klären, wo es nichts mehr zu erklären gab.

Ich gebe zu, es war am Ende herzlicher, als ich mir es hätte vorstellen können und wir lachten sogar gemeinsam über einige Urlaubsanekdoten.

Spock verhielt sich merkwürdig.

Zu Beginn hatte er Sonja ignoriert, jetzt schnüffelte er neugierig an ihrem Hosenbein. Ich bemerkte, wie sie plötzlich sein Fell kraulte und ließ sie gewähren.

„Wollen wir?", fragte sie mich, als wir ausgetrunken hatten.

Ich war bereit.

„Okay, bringen wir es hinter uns, dieses letzte Kapitel. Kennst du den Western High Noon?"

Wir verließen den Platz ähnlich wie zwei Pistoleros vor ihrem Duell. Wir trennten uns wortlos, Sonja lief nach links, ich nach rechts. Der Hund blieb stehen.

Sonja und ich hatten uns nach ungefähr zehn Metern zu ihm umgedreht und warteten ab.

Der Hund drehte den Kopf zu ihr, zu mir und dann wieder zurück, aber nicht verwirrt, sondern eher so, als wolle er seine Entscheidung genauestens abwägen.

Sonja brach die Regel und ging in die Knie:
„Na komm, Henry, komm' her, wir gehen nach Hause."
Der Hund sah sie an, dann wandte er sich erneut in meine Richtung.

„Spocky, auf geht's. Wir rücken ab. Worauf wartest du?"
Es dauerte eine gefühlte Ewigkeit. Schließlich setzte er sich in Bewegung und zwar in Richtung Sonja.

Sie sagte nichts.
In ihren Augen lagen weder Triumph noch sonst irgendein Ausdruck des Sieges.

Mir wurde schlagartig klar, dass es vorbei war. Klar, ich hatte damit gerechnet, aber jetzt, wo die Würfel gefallen waren, ging es mir an die Nieren.
Eine Welle der Melancholie durchströmte mich, wie bei einem tragischen Abschied.

„Spock!"
Er hatte Sonja bereits erreicht und drehte noch einmal seinen Kopf in meine Richtung.

Ich sah ihn an. Auf seinem Gesicht lag ein feines Lächeln, aber ansonsten blieb es unbeweglich.

Und trotzdem:
Ich konnte genau hören, was er sagte:

„Leb' wohl, Captain. Und halte den Kurs, alles wird gut."
Ich bemerkte, wie mir eine dicke Träne die Wangen hinunterkullerte.

„Mach's gut, Spock. Halt' die Ohren steif. Und...danke. Danke für alles."

Ich sah den beiden noch hinterher, bis sie um die Ecke gebogen waren. Dann drehte ich mich um, bereit, mein neues Leben zu beginnen.

EPILOG

Das war also die Geschichte vom philosophierenden
Hund.

Sofern Sie, werte Leserinnen und Leser, es bis zu dieser
Stelle geschafft haben, nehme ich an, dass Sie sich nicht
gelangweilt haben. Darum möchte ich Ihnen nicht
vorenthalten, dass dieses Ereignis noch ein kleines
Nachspiel hatte.

Natürlich war ich am Anfang todtraurig über den
Weggang von Spock, ich lag in Corinnas Armen und
heulte wie ein Schlossgespenst.

Sie sagte nicht viel, streichelte mitfühlend meinen Kopf
und Lassie leckte mir die herabhängende Hand ab.

Ich wurde also emotional bestens betreut und gepflegt.

Nach ein paar Tagen hatte ich mich wieder halbwegs
gefangen und wir genossen unsere Ausflüge jetzt zu
dritt.

Die Impfzentren verrichteten schleppend ihre Arbeit,
die Leute verspürten etwas Hoffnung und wir alle
freuten uns auf das Ende dieses Winters, der in die
Geschichte eingehen sollte.

Viele liebe Menschen waren von uns gegangen, nicht
wenige hatten ihre Existenz verloren.

Scheidungen, verprügelte Ehefrauen und Partnerinnen,
misshandelte Kinder, hatten traurige Rekorde gefeiert.

Niemand konnte einschätzen, ob wir jemals wieder
einen sicheren Hafen erreichen würden. Die Welt hatte
sich geändert und die Pandemie hatte tiefe Spuren
hinterlassen. Doch nun gab es eine Sehnsucht nach
Normalität, nach Kontakten, Zwischenmenschlichkeit,
hektischem Treiben und Lachen ohne Masken.

Ein winziger Hauch von Frühling kündigte sich an und die kommende Osterzeit schien uns eine Verbesserung zu versprechen.

  Meine Wohnung war Ende März 2021 schon ziemlich leergeräumt, denn ich hatte eine Art schleichenden Umzug hinter mir. Jedes Mal, wenn ich zu Corinna fuhr, nahm ich ein paar Kisten mit in mein neues Zuhause.
Spock war jetzt schon eine ganze Weile bei Sonja und ich hatte mich mit den Tatsachen abgefunden. Ich schaute noch einmal durch die Räume meiner fast leeren Wohnung und erinnerte mich schmunzelnd an die lustigen Gespräche mit dem Hund.
  Da klingelte mein Handy. An der Nummer, die mir jetzt bekannt war, sah ich sofort, um wen es sich handelte.
  „Spock!"
Mein erster Gedanke war:
  „Er hält es nicht mehr bei ihr aus."
Aber vielleicht war ihm auch etwas zugestoßen?
Ich ging ran.
  „Hallo Sonja...alles in Ordnung?" Ich war aufgeregt.
  „Hallo Dorian. Störe ich? Hättest du kurz mal Zeit für mich, zum Reden?"
Ihre Stimme klang merkwürdig belegt und unsicher, als ob sie gerade geweint hätte.
Ich wurde noch nervöser. Aber wie immer, ich ließ mir nichts anmerken.
  „Na klar, ich habe gerade nichts zu tun, also schieß los", versuchte ich locker klingend zu antworten.
  „Ja, also..."

Sie druckste herum, ich war gespannt wie ein Flitzebogen.

„Ich möchte dich nicht belästigen, aber ich wollte dir sagen, dass es mir zurzeit nicht besonders gut geht. Du...du sahst so zufrieden aus vor einigen Wochen, da wollte ich nichts sagen, aber ich bin ziemlich fertig."

Ich zuckte zusammen. War sie krank? Corona? Krebs?

„Was...was fehlt dir denn, Sonja?", stotterte ich.

Sie seufzte:

„Ich...ich hätte dir davon erzählen sollen, aber ich konnte nicht. Du warst damals so weit weg von mir. Und das mit Martin hat auch nicht so funktioniert, wie ich mir das vorgestellt hatte."

Mein Raumschiff raste durch das Universum, nahm Kurs auf die Klingonen und meine Phaser feuerten auf dieses eine Gesicht.

„Martin??? Martin Ritter???", fragte ich ziemlich laut. Sonja verschluckte sich hörbar am anderen Ende.

„Wie, du kennst ihn?"

Da also lag der Hase im Pfeffer!

Dieser Schleimbeutel und Frauenversteher!

Die ganze Wahrheit kam auf den Tisch und jetzt sollte ich den Seelentröster spielen.

„Nur flüchtig", antwortete ich trocken.

„Weißt du", fuhr Sonja fort, „zurückblickend war dieser Typ einfach nur eine schnelle Möglichkeit zur Ablösung, quasi mein Ticket nach draußen. Aber...er ist ein Blender."

Jetzt klang es wirklich, als ob sie weinte.

Gerade hatte ich noch meine aufkeimende Wut registriert, doch mein Gefühl wich dem der Anteilnahme. Sie hatte sich geirrt und es machte keinen Sinn ihr zu grollen oder etwa noch draufzuhauen.

„Ich glaube, du hattest Recht damit", sagte ich.
„Einer von uns beiden musste den ersten Schritt
machen und du warst die Mutigere. Ich mache dir
keine Vorwürfe."

Meine Reaktion warf Sonja völlig aus der Bahn.

„Dorian, du bist so anders als früher. Wieso sagst du
so etwas?"

Jetzt musste ich ebenfalls seufzen.

„Ach Sonja. Ich habe eine ganze Weile gebraucht, um
über den Tellerrand zu schauen. Es ist nie die alleinige
Schuld des Anderen, ich habe, genau wie du, eine
Menge dazu beigetragen, dass es so gekommen ist. Das
tut mir heute sehr leid."

„Wir...wir hätten mehr reden müssen", schluchzte sie.
„Sonja."

Meine Stimme klang freundlich, aber gefestigt.

„Wir wissen beide, was wir schweigend verloren
haben. Und es stimmt, was du sagst. Reden ist das A
und das O in jeder Beziehung. Es ist existenziell, wir
dürfen nie damit aufhören, uns auszutauschen und zu
kommunizieren."

Innerlich rekapitulierte ich meine Zeit der Einsamkeit
und setzte hinzu:

„Wenn Menschen um dich herum sind, rede mit
ihnen: Mit Freunden, den Arbeitskollegen*innen, den
Nachbarn. Und wenn dir sonst niemand zuhört, sprich
mit dem Hund."

Keine Ahnung, warum mir das herausgerutscht war,
aber die Wirkung der Worte und die Reaktion darauf
war völlig verblüffend.

„Mit dem Hund...weißt du, das ist seltsam, dass du so etwas sagst. Dorian...? Kann ich dir etwas erzählen? Aber bitte, lach' mich nicht aus und halte mich nicht für verrückt..."

Jetzt hatte ich eine gewisse Ahnung, was kommen würde.

„Der Hund...Spock...er redet mit mir", hauchte Sonja.

„Wieso jetzt Spock? Ich denke, der Hund heißt Henry?", verbesserte ich.

„Ich finde, dass du Recht hattest mit der Namensänderung. Spock passt zu ihm", stellte Sonja fest.

„Und er hört jetzt auch viel besser. Aber...hast du mich richtig verstanden, Dorian? Er spricht mit mir. Ich kann hören, was er sagt."

Ich musste grinsen.

Dieser verfluchte Halunke! Ich malte mir aus, wie er Sonja mit seinen pseudo- klugen Sprüchen die Ohren vollsabberte.

„Das ist normal, Sonja. Mach' dir keine Sorgen, du bist nicht verrückt. Was glaubst du, was das Spitzohr mir alles erzählt hat in den letzten Monaten? Da könnte ich ein Buch davon schreiben."

„Ist das dein Ernst, Dorian? Du hast ihn auch gehört? Ich bin nicht...durchgeknallt?"

„Keineswegs, da kann ich dich beruhigen, Sonja. Kopf hoch, das wird wieder. Sprich mit ihm, du wirst feststellen, dass es dir guttut. Wir haben viel gemeinsam gelacht. Nur...eine kleine Sache, Sonja."

Ich hielt kurz inne.

„Was denn für eine kleine Sache?", hörte ich sie fragen.

Mein Grinsen wurde noch breiter.

„Falls er dir jemals diese Geschichte vom Wurmloch erzählt, sei bitte etwas kritischer. Der Hund ist zwar ein brillanter Gesprächspartner, doch ich fürchte, er nimmt es mit der Wahrheit nicht immer so genau."

Sonja schwieg eine Weile, als ob sie nachdenken müsste.

Dann sagte sie:

„Danke, Dorian. Danke fürs Zuhören und für dein Verständnis. Bis bald mal wieder."

„Mach's gut, Sonja. Lass dich nicht unterkriegen. Und Grüße an den alten Vulkanier."

Ich legte auf.

Das letzte Kapitel war geschrieben, der philosophierende Hund war weitergezogen.

Heute blicke ich erwartungsvoll in die Zukunft und es bleibt mir nur noch zu sagen:

Kommunikation ist keine Einbahnstraße.

Und wenn man nur richtig zuhört, bekommt man zuweilen Antworten von einer Seite, von der man es nie für möglich gehalten hätte.